百科通识文库新近书目

古代亚述简史

"垮掉派"简论

混沌理论

气候变化

当代小说

地球系统科学

优生学简论

哈布斯堡帝国简史

好莱坞简史

莎士比亚喜剧简论

莎士比亚悲剧简论

天气简述

百科通识
文库

莎士比亚喜剧简论

巴特·范·埃斯 著 赵国新 译

外语教学与研究出版社
北京

京权图字：01-2020-7241

图书在版编目 (CIP) 数据

莎士比亚喜剧简论 / （英）巴特·范·埃斯（Bart van Es）著；赵国新 译 . —— 北京：外语教学与研究出版社，2021.3
（百科通识文库）
ISBN 978-7-5213-2418-1

Ⅰ. ①莎… Ⅱ. ①巴… ②赵… Ⅲ. ①莎士比亚 (Shakespeare, William 1564-1616) -喜剧 -文学研究 Ⅳ. ①I561.073

中国版本图书馆 CIP 数据核字 (2021) 第 036098 号

出 版 人　徐建忠
项目负责　姚　虹　周渝毅
责任编辑　徐　宁
责任校对　都楠楠
封面设计　泽　丹　覃一彪
版式设计　锋尚设计
出版发行　外语教学与研究出版社
社　　址　北京市西三环北路 19 号（100089）
网　　址　http://www.fltrp.com
印　　刷　紫恒印装有限公司
开　　本　889×1194　1/32
印　　张　6
版　　次　2021 年 3 月第 1 版 2021 年 3 月第 1 次印刷
书　　号　ISBN 978-7-5213-2418-1
定　　价　30.00 元

购书咨询：（010）88819926　电子邮箱：club@fltrp.com
外研书店：https://waiyants.tmall.com
凡印刷、装订质量问题，请联系我社印制部
联系电话：（010）61207896　电子邮箱：zhijian@fltrp.com
凡侵权、盗版书籍线索，请联系我社法律事务部
举报电话：（010）88817519　电子邮箱：banquan@fltrp.com
物料号：324180001

记载人类文明
沟通世界文化
www.fltrp.com
外研社

目 录

图　目

年 表

1564	莎士比亚出生
1590—1591	《维洛那二绅士》
1590—1591	《驯悍记》
1591	《亨利六世》（中）
1591	《亨利六世》（下）
1592	《亨利六世》（上）
1592—1593	《理查三世》
1592—1593	《泰特斯·安德洛尼克斯》
1592—1593	《维纳斯与阿都尼》
1593—1594	《鲁克丽丝受辱记》
1594	《错误的喜剧》
1594—1595	《爱的徒劳》
1595	《理查二世》
1595	《罗密欧与朱丽叶》
1595	《仲夏夜之梦》
1596	《约翰王》
1596—1597	《威尼斯商人》
1596—1597	《亨利四世》（上）
1597—1598	《温莎的风流娘儿们》
1597—1598	《亨利四世》（下）
1598	《无事生非》

1598—1599　　《亨利五世》

1599　　　　《尤力乌斯·凯撒》

1600　　　　《皆大欢喜》

1600—1601　《哈姆莱特》

1601　　　　《第十二夜》

1602　　　　《特洛伊罗斯与克瑞西达》

1603　　　　伊丽莎白女王驾崩，詹姆士一世即位

1603　　　　《一报还一报》

1603—1604　《奥瑟罗》

1604—1605　《终成眷属》

1605—1606　《李尔王》

1606　　　　《麦克白》

1606　　　　《安东尼与克莉奥佩特拉》

1605—1607　《雅典的泰门》

1607　　　　《泰尔亲王佩里克利斯》

1608　　　　《科利奥兰纳斯》

1609　　　　发表《十四行诗》和《情女怨》

1609—1610　《冬天的故事》

1610　　　　《辛白林》

1611　　　　《暴风雨》

1612—1613　《卡登尼欧》（佚失）

1613　　　　《亨利八世》

1613—1614　《两贵亲》

1616　　　　威廉·莎士比亚去世

绪　论

什么是莎士比亚喜剧?

在 1623 年出版的对开本莎士比亚作品集中,列在"喜剧"名下的有:

《暴风雨》(1611)

《维洛那二绅士》(1590—1591)

《温莎的风流娘儿们》(1597—1598)

《一报还一报》(1603)

《错误的喜剧》(1594)

《无事生非》(1598)

《爱的徒劳》(1594—1595)

《仲夏夜之梦》（1595）

《威尼斯商人》（1596—1597）

《皆大欢喜》（1600）

《驯悍记》（1590—1591）

《终成眷属》（1604—1605）

《第十二夜》（1601）

《冬天的故事》（1609—1610）

显而易见，这个名单不是按照时间的先后来排序的，括号中的创作日期，是我根据当前学界的共识补充的。除了这十四部剧作之外，我们还可以加上《泰尔亲王佩里克利斯》（创作于 1607 年，但没有收入这个对开本）和《两贵亲》（在 1613—1614 年间与约翰·弗莱彻［John Fletcher］合著的传奇剧，直到 1634 年才出版）。我们还可将《特洛伊罗斯与克瑞西达》（1602）算作喜剧，1609 年出版的四开本的前言称其为诙谐喜剧（尽管对开本的编者原本打算把它纳入悲剧名单中，但他们颇感棘手，就把它当作莎翁的最后一部"历史剧"，塞进了历史剧名单中）。甚至《辛白林》（1610），虽然莫名其妙地被当作悲剧，但也可算作喜剧，这是因为，无论在题材、情节上，还是在风格上，它与《冬天的故事》（1609—1610）没有太大区别。最后，我们还可以将《卡登尼欧》（1612—1613）算作喜剧，有些学者认为，这部亡佚之作深刻影响了后来问世的剧作《将错就错》；至于后者是否出自莎士比亚之手，学界争论纷呈，未有定论。这样一来，如果我们放宽尺度的话，有将近一半的莎剧可被称为某种喜剧。

但笔者并不满足于此，我还要指出，在莎士比亚的历史剧和悲剧中，有好几部包含了大量的喜剧成分（哈姆莱特就是一位玩笑大王，《李尔王》[1605—1606]中有傻瓜小丑的角色，《亨利四世》[上、下，1596—1598]中的福斯塔夫很可能是莎剧正典中最了不起的喜剧形象）。

另一方面，我们也可以采用更加严格的标准。《暴风雨》（1611）和《冬天的故事》也可被称为"传奇剧"或"悲喜剧"，对于《泰尔亲王佩里克利斯》（1607）、《两贵亲》（1613—1614）和《特洛伊罗斯与克瑞西达》，也可作如是观。按照这种分类，喜剧在全部莎剧中就不到三分之一了。更有甚者，一些批评家认为，《一报还一报》（1603）、《终成眷属》（1604—1605），甚至《威尼斯商人》（1596—

1597）是"问题剧"而非喜剧。《驯悍记》（1590—1591，主要情节是男子霸凌妻子，使之俯首就范）对于现代观众而言，是否为喜剧，同样是有争议的。《维洛那二绅士》的结局是，女主人公嫁给了不久之前还试图强奸其闺蜜的男人。如果这么削减下去，真正意义上的、皆大欢喜似的莎士比亚喜剧只剩下六部了。

本书首先得承认，给莎士比亚喜剧列名单和下定义，必然会引发争议。另外，正如对待其他让人棘手的范畴（例如"艺术"或"黄色"）一样，有一种感觉让我们对莎士比亚的喜剧一望可知。本书将提炼出那种品质，以证明这些戏剧的特殊性，同时将莎士比亚的喜剧与和他同时代人的喜剧进行比较，还要参照喜剧的历史沿革和理论发展。学术分析会扼杀喜剧效果，这种风险始终存在，但我要竭尽所能提供一些视角，让这些作品变得更有趣，甚至（在理念上）更搞笑。

莎士比亚之前的喜剧

在阐明莎士比亚喜剧的独特性之前，有必要简短地回顾一下莎士比亚在创作喜剧之前可能接触过的同类作品。与他见过的大多数事物一样，他最早接触喜剧肯定是在斯特拉特福；与所有文法学校的学生一样，他应当学过普劳图斯（Plautus）和泰伦提乌斯（Terence）的拉丁文喜剧。作为所受教育的一部分，他很可能还参加了演出。尽管内容多变，这些戏剧集中表现的是数量有限、性格固定的人物：狡诈的奴隶、雄心勃勃的求爱青年、富有的商人父亲和姿色可人的交际花。演出通常在公共场所举行，背景是一套固定的"房屋"，情节逐渐展开，混乱程度加剧，直到"灾难"发生，各种困境迎刃而解。到了最后，年轻人往往如愿以偿，他们的父亲失败，各种隐蔽身份暴露出来。

除了这些戏剧自身之外，莎士比亚还吸收了多纳图斯（Donatus）对戏剧的一些著名总结，在16世纪，这些总结成为区分喜剧和悲剧的规则：

悲剧和喜剧的差别不一而足，最显著的莫过于以下几条：在喜剧中，风云人物是中产阶级，危险是微乎其微的，行动的结局是大团圆式的；但在悲剧中，一切正相反，人物都来自社会顶层，恐惧是强烈的，结局是灾难性的。在喜剧中，开始时麻烦丛生，结束时风平浪静；在悲剧中，情况正好相反。悲剧表现的是应该避免的生活，而喜剧表现的是值得追求的生活。最后，喜剧故事总是虚构的，而悲剧常以史实为基础。

讲授喜剧课程的教师非常看重合式原则（人物的言谈与其社会地位相匹配），他们也看重喜剧情节中的行动的正确排序和前后统一。不光是旧戏，许多新戏也是按照这个套路创作的。师法古典而创作的意大利戏剧尤其令人心仪：这类戏剧不仅有原文可读，还被译成英语，在翻译过程中常有所改编。乔治·盖斯科因（George Gascoigne）的《求婚者》（1566）就是经过改编的意大利-古典戏剧的典范，深刻影响了莎士比亚的《驯悍记》（1590—1591）和《错误的喜剧》（1594）。在大、中学校和宫廷，经常可以看到大致依据所谓新喜剧原则创作的这类学问剧。

然而，这可不是莎士比亚有可能邂逅的唯一喜剧传统。他还会接触到英格兰本土的道德剧和幕间幽默短剧，它们都产生于中世纪；本土戏剧不仅在宫廷中大演特演，还被巡回演出的剧团带到了全国各地。这类作品更像一锅大杂烩，把喧闹的小丑表演、舞蹈与严肃的道德教诲混在一起。在最早的这类戏剧中，主角都是某种骗子类人物，名字叫"邪恶"，他直接向观众大讲俏皮话，目的在于误导剧中核心人物，这个人物通常代表凡夫俗子。从严肃的《圣经》道德剧《抹大拉的马利亚的生平与悔悟》（1550）到英格兰街头闹剧《魔术师杰克》（1555），在形色各异的戏剧中，均有一位象征着邪恶的人物，他是混乱状态与自我放纵的代言人，因此也是为生活制定原则的喜剧的代言人。

在 16 世纪 80 年代末或 90 年代初，莎士比亚定居伦敦之时，看到的是一种生机勃勃的、面向公众的商业性戏剧演出文化，这类戏剧秉承了两个传统：一方面是文法学校的古典传统，另一方面是由道德剧发展而来的结构松散的插科打诨和小丑表演。约翰·黎里（John Lyly）的《班比妈妈》（1589）就属于尊奉古典传统的例证，在最早的演出中，演员用的都是男孩子。故事以英格兰为背景，但大部分人物取的是古典名字，故事情节简单流畅：一直干预儿女婚姻的父亲；故事的一开始，人物身份错乱，到了故事的结尾，父子最终和解。在《识别骗子的妙招儿》（1592）这部剧中，威尔·肯普（Will Kemp，后来成为莎

士比亚剧团的戏剧明星，见图 1）提供了许多"满堂喝彩
的欢快"。这部剧接近于古老的道德剧：它把寓言色彩浓
厚的人物——例如"忠厚"——与真实的历史人物混在一
起，它的结构比较松散，致力于揭露各种不端行为。这两
类剧（以及处于二者之间的大量戏剧创作）可被称为喜

图 1. 威尔·肯普，《九日奇观》（1600）局部图

剧。吸引了数以千计的观众，不仅在伦敦的剧院内外演出，也在宫廷演出，还去地方巡演。如此一来，只要有好剧本，就不愁没有演出市场。

莎士比亚时代的喜剧市场

莎士比亚戏剧的具体创作日期很难确定，但是，按照传统的创作年表，他的首部独创之作是喜剧《维洛那二绅士》，完成于 1590 至 1591 年之间。剧中讲述了负心汉普洛丢斯和真爱他的朱利娅（此女乔装成男孩子，紧随其后）的故事，这部剧深受黎里戏剧的影响。与此同时，关于小丑朗斯和他的狗克来勃这样的固定套路，与《识别骗子的妙招儿》中"满堂喝彩的欢快"有许多共同之处。与许多同时代人一样，莎士比亚就这样把他的戏剧投入了市场中央，既取悦于上层阶级观众，也取悦于剧院里的大量普通观众。

创作《维洛那二绅士》之际，莎士比亚刚刚出道，还是自由撰稿作家，把稿子卖给伦敦的各家相互竞争的剧团。例如，大约写于一年之后的《驯悍记》，似乎卖给了彭布罗克伯爵剧团。然而，到了 1594 年，莎士比亚入股一家新成立的剧团——内廷大臣剧团，此后他只为该团创作。大致说来，在接下来的十年中，他每年都写一部喜剧和一部严肃剧。一旦完成，这些戏剧就成为该团的轮演剧目。例如，1605 年，剧团临时应召入宫，为登基不久的詹姆斯一世表演了《爱的徒劳》（1594—1595）。

与其他任何事物一样，喜剧的风尚是不断变化的。例如，在世纪之交，出现了一股所谓"癖性"喜剧的风尚，这类喜剧中的人物都带有极为突出的特征。乔治·查普曼（George Chapman）的《幽默一天的快乐》（1597）就是最早的一个例证。剧中刻画了抑郁的道塞尔（一位荒唐的抑郁症患者）、鹦鹉学舌的布兰韦尔（别人对他说什么，他都重复，很是可气），还有清教思想严重的弗洛里拉伯爵夫人（最后发现，此女是伪善者）。童伶剧团关闭十年之后，在 1600 年重新开张，为喜剧演出添加了多样性。童伶的演出在票价较高的室内剧院进行，他们的专长是讽刺。本·琼森（Ben Jonson）为他们创作了《冒牌诗人》（1601），这部剧取笑了相互竞争的剧作家约翰·马斯顿（John Marston）和托马斯·德克尔（Thomas Dekker），他们马上如法炮制，写讽刺剧回敬。

莎士比亚没有参与这类个人竞争，他既没有写癖性剧，也没有写讽刺剧，部分原因在于，他是剧团的股东之一。不过他显然受到了同时代剧作家的影响。例如，约翰·马斯顿在《反叛者》（1603）中的悲喜剧创新，引起了莎士比亚的极大关注，他和剧团的同事改编了此剧，在环球剧院上演。原剧用的是儿童演员，他们用的是成年演员。马斯顿以黑色喜剧的笔法描写了宫廷中的腐败现象，立即对莎士比亚的写作产生了巨大影响，可以说，它为当时莎士比亚的"问题喜剧"奠定了极为不同的基调。在后来的莎剧演出中，童伶演出让莎士比亚的喜剧创作发生转变。其他影响因素还包括约翰·弗莱彻的田园悲喜剧，例如《忠诚的牧羊女》（1607），为莎士比亚的喜剧增添了奇观。事实上，在他的创作晚期，他更喜欢与弗莱彻合作，去创作那些既适合室内舞台演出，又适合露天舞台演出的戏剧。

1614年，到了莎士比亚戏剧生涯结束之际，戏剧演出市场已经迥异于近二十五年前他刚出道的时候了。长期以来，小丑和吉格舞一直是流行传统中的核心，如今却遭到了广泛嘲弄（虽说没有被完全挤出演出剧目）。剧本创作已成为社会高端行业：如今大部分作者是大学生，出生于受教育程度良好的家庭（而不是像莎士比亚以及他的许多同时代人那样，出身于手艺人家庭，受教于文法学校）。室内剧变得益发重要，而露天的环形剧场，如环球剧院，对于绅士阶层不再具有吸引力。在这种氛围之下，喜剧文学变得越来越文雅，越来越不落俗套，莎士比亚的最后几部剧作：现已佚失的《卡登尼欧》（1612—1613）和《两贵亲》（1613—1614）（均为合著），就反映了这种情况。尽管风尚发生变化，但早期的喜剧依然受到人们的欢迎，仍然在舞台上演出（有时候略有修改），还付梓出版（如《驯悍记》《威尼斯商人》和《爱的徒劳》），正如本·琼森在1623年对开本的序言诗中所说，莎士比亚"不属于一个时代，而是供万世景仰"。

莎士比亚之后的喜剧

在莎士比亚创作晚期显现出的种种趋向，一直延续到17世纪中期及稍后一段时期。1642年，内战爆发，戏院关门，到了1660年复辟时期，戏院重新开张，随之卷土重来的是更豪华的室内剧院，还出现了女演员和移动的舞台布景。复辟时期的戏剧演出一门心思突出女演员的妩媚动人，所以说，不足为奇的是，莎士比亚的作品遭到剪裁和改动，以便增加它的性魅力。例如，较早的一部成功之作是威廉·戴夫南特（William Davenant）的《棒打鸳鸯的法律》（1662），它将《无事生非》（1598）中贝特丽丝和培尼狄克的情节与《一报还一报》（1603）中的情节融为一体，由此产生了一部比较令人欢欣鼓舞的喜剧，这部戏剧还借助于安吉鲁的清教式执政讽刺了共和国时代的黑暗统治。

从《棒打鸳鸯的法律》中可以看出，在莎士比亚去世之后，他的戏剧在三个相关领域发生了变化：女性描写；政治问题的处理；剧院舞台设计的变化。复辟时期推崇浪荡子，引入了女演员，由此打造了更露骨的香艳场景，以便更能满足窥淫癖的需要。威廉·威彻利（William Wycherley）的《普通商人》（1676）就是一个极端的例子，该剧大致是以《第十二夜》为蓝本的：在观众面前，代表薇奥拉的人物菲德利娅被剥掉了男人装，差一点遭强奸。等到了18世纪中期，当大卫·加里克（David Garrick）

的作品问世的时候，情况发生了显著变化，加里克的作品比较忠实于莎士比亚的原著，但更加坚定不移地利用喜剧演出"宣扬体面和激发美德"。不同于复辟时期的演员兼经理，加里克和他的后任们不大愿意去改动莎士比亚的语言，部分原因在于，他们尊重、爱戴这位剧作家，把他当作有别于凡夫俗子的天才。然而，出于尊重莎士比亚的道德观和感受力，他们下决心删除喜剧中可能引人不快的东西。加里克在 1754 年将《驯悍记》（1590—1591）改编成《凯瑟丽娜和彼特鲁乔》，就是这方面最明显的例证。这部剧完全砍掉了原作中的"序幕"；在原作的序幕中，凯特与彼特鲁乔的故事就是一群演员在醉醺醺的补锅匠克里斯朵夫·斯赖面前上演的一场戏。这个 18 世纪版本背景华丽，视觉上显得更加富丽堂皇。然而，更为重要的是，加里克改变了人物（虽说基本上保留了莎士比亚原作中的对话），删除了彼特鲁乔的暴力行径，暗示凯瑟丽娜一开始就爱上了他。这位彼特鲁乔（由亨利·伍德沃德［Henry Woodward］扮演，见图 2）是一位完美的绅士，他"怪诞的性情"（用于驯服凯瑟丽娜）仅仅是"为了特定的场合"而存在。在情节方面，只有莎士比亚臭名昭著的结局——

凯瑟丽娜的"臣服"——需要加以改动：她就为妇之道发表的那番议论，如今变成她对自己妹妹的告诫，这番话不是由打赌引起的，而是由"立场正确"的一种女性信念引

图 2. 本雅明·凡·德·古特绘，"在加里克的《凯瑟丽娜与彼特鲁乔》(1756)中扮演彼特鲁乔的亨利·伍德沃德"，现藏于耶鲁大学英国艺术中心

起的，即她相信丈夫道德高尚的用意。她在原剧中的其他
讲话内容，如今由彼特鲁乔说出，这番话被改造成通情达
理的男性劝诫，这些改动是否真的让莎剧减少了性别歧视，
是值得怀疑的，但它们的确使之更符合浪漫的和文雅的喜
剧传统。

维多利亚时代的莎剧演出在这个方向上走得更远了，
无论是在温文尔雅方面，还是在舞台背景设计方面。19
世纪小说中的写实主义和情感泛滥也悄然渗透到了戏剧演
出中，例如，查尔斯·基恩（Charles Kean）在1856年执
导的《仲夏夜之梦》中，把雅典卫城放在了雅典城的天际
线上，他甚至绘制出古希腊粗鲁的匠人们从事木匠业的真
实情景。在维多利亚时代，莎翁的喜剧演出为观众提供了
一种浸入式体验。诸如亨利·欧文（Henry Irving）这样
的剧院演员兼经理，着手让观众有身临其境之感。伦敦吕
西昂剧院的经理欧文，采取了熄灭观众席上灯光的办法
（这样一来，观众就不会东张西望，只会一心一意地盯住
舞台了），他还使用带有滤光器的煤气灯，在舞台上制造
出令人叹为观止的灯光效果。他1882年执导的《无事
生非》由埃伦·特里（Ellen Terry）主演，女主人公贝特

丽丝被演成了一位美丽、活泼、娇柔、善良的女子（见图3），这部剧完美地体现了这个时代对莎士比亚喜剧的看法：魅力十足和生气勃勃。戏剧演出中的大事小情，无不讲求华丽，不惜花费时间，也不吝金钱成本：希罗和克劳狄奥举行婚礼的教堂场景，在舞台上用了十五分钟才搭建好。

欧文对莎士比亚喜剧持有根深蒂固的保守主义看法。男女之别绝对没有商量；社会问题（例如卖淫或政治腐败）必遭压制；还有，在观念层面上，舞台上的世界依然与观众保持距离，就像他们在看电影一样。对莎士比亚喜剧的这种看法依然保留在我们的集体想象之中，即便我们并没有直接将其归因于19世纪的舞台演出。例如，直到最近，印刷出版的剧本在介绍每一个场景的时候，依然喜欢描述"方位"，这种锁定舞台空间的做法起源于维多利亚时代，而非伊丽莎白时期。这些剧本上的人物（*dramatis personae*）名单也是按照剧中人物社会地位的高低来排序的，开列男性角色之后，才开列女性角色。在这种绝对等级化的基础上，现代观众和读者会借助于"舞台写实主义"或"女性化"理念，满怀信心地大谈特谈莎士比亚时

MISS ELLEN TERRY AS "BEATRICE."

COPYRIGHT.

WINDOW & GROVE   63ᴬ BAKER STREET, W.

图 3.　在吕西昂剧院中扮演贝特丽丝的埃伦·特里（1882）

代"社会对待妇女的态度"，殊不知，这些理念与维多利亚人的思想论断有关，而与莎翁时代无关。

后维多利亚时代的莎剧阐释，无论出自舞台编导之手，还是出自文学批评家之手，经常致力于推翻诸如作者思想风貌稳定不变之类的论断。这些戏剧演出和批评解读揭露了剧中比较有争议的内容，尤其是性别、性欲、种族和阶级方面的内容。到了 20 世纪，莎剧被纷纷搬上了舞台，导演心目中的莎士比亚到来了：现代戏剧演出的成规涉及背景设计、服装道具以及特定的演出班子，这些东西都统一在导演对该剧的整体看法当中。几百年前，尽管诸如加里克或欧文这样的演员兼经理也能控制自己的剧院，但他们在排演的时候，并没有那么自觉地去**阐释**该剧。到了新时代，情况发生了变化，诸如哈利·格兰维尔-巴克（Harley Granville-Barker）这样的激进思想家决心去挑战有关商业演出的全部陈旧看法。格兰维尔-巴克剥离了维多利亚时代的写实主义，恢复了 19 世纪莎剧演出砍掉的许多内容。由于受到社会主义剧作家萧伯纳（George Bernard Shaw）的影响，他恢复了莎士比亚喜剧中某些锋芒毕露的内容、富有表现性的力量，从而预示了后世导演的所作所为。

1912 年，格兰维尔-巴克在萨伏伊剧院上演了《仲夏夜之梦》，大胆地去除了以往演出中风景如画的场景（有一次还使用了真兔子），这种手法是取悦于上一代观众的。剧中的仙子不再是漂亮的小孩子，而是邪恶的妖魔鬼怪，这些家伙浑身上下穿金带银，按照精心设计的舞步，有规律地穿过一片抽象的紫色和绿色森林。这种手法非常精英化，是对莎士比亚的智性思考，与现代主义艺术关系密切。当格兰维尔-巴克为之奔走、拿政府补贴的国家剧院最终落成的时候，它的特征就是演出思想复杂高深的作品，例如他自己的作品。

作为导演，作为批评家，格兰维尔-巴克通过《莎士比亚导言》，产生了极大的影响力。按照他的理解，戏剧就应该像交响乐那样前后连贯、一气呵成（只不过它的构成因素是象征、主题和处于结构性冲突中的人物）；用约翰·吉尔古德（John Gielgud）的话说，"他就像一位令人称奇的管弦乐队指挥"。对于喜剧而言，这种音乐方法尤其重要。例如，他对上演《爱的徒劳》这部不再时兴、高度程式化的戏剧提出建议，提到作品的"节奏"，不仅仅是它的修辞节奏，还有人物之间互动的节奏。在戏剧舞台上，例如巡丁德尔和小丑考斯塔德这样的人物，与剧中的贵族形成了一种对位关系，这一点反映在舞台演出的色彩布局上。如下所示，格兰维尔-巴克在最后流产的求婚场景中展示了"盛大庆典中绘画的价值"：

> 昨天，纳瓦尔和他的朋友还是遁世的哲学家；即便他们衣饰豪华，但也属于那种苍白的豪华。今天，他们各有心上人，衣着顿时溢彩流光，象征着他们的恋人能够配得上他们；在这种刻意制造出来的多彩背景下，乡下的演出场面显得粗陋、喧闹。就在演出中，马凯德突然走到了中央，穿着一身黑色丧服。

虽说这种说明在现代读者看来有表演夸张的嫌疑，但格兰维尔-巴克的执导方式如今已经成为莎士比亚喜剧的标准演出方式。今天的观众期盼的是一种前后一致的画面，它经常表现为，这出戏的背景被设置在某一个特定的历史节点。例如，皇家莎士比亚剧团在 2014 年出品的《爱的徒劳》，就把故事背景放在了一战爆发之前的某座英国乡间宅邸中。这种执导决策类似于文学批评家的决策，故意引发争议（这里强调了战争的恐怖）。莎翁的喜剧演出有可能具有女性主义、反资本主义性质，或者突出剧中可能暗含的帝国主义或种族主义政治。如今演出《威尼斯商人》必然要正视反犹主义，而上演《暴风雨》的时候，有可能将普洛斯彼罗（凯列班所在岛屿的新统治者）塑造成一位殖民地主人，他的绝对权力显然毫无公正性可言。最为明显的是，《驯悍记》的演出受到了 20 世纪 70 年代成形的妇女运动的改造，这样一来，剧末凯瑟丽娜的屈服（即便在莎士比亚时代也被认为是成问题的），不再（像加里克以来那样）被弱化为有益于夫妻双方的东西。受女性主义运动的影响，由皇家莎士比亚剧团 1978 年出品、迈克尔·波格丹诺夫（Michael Bogdanov）执导、葆拉·迪奥尼索蒂（Paola Dionisotti）主演的《驯悍记》，结尾被改编为悲剧：正如易卜生（Ibsen）《玩偶之家》中的娜拉一样，凯瑟丽娜伤心欲绝，走下了舞台。

关于"莎士比亚喜剧"要素的构成，如果说曾有前后一致的看法，那么，如今这种看法已经无影无踪。在戏剧舞台上，诸如《一报还一报》（1603）这样的戏剧如今可能出现多种截然不同的版本：一方面，有追求历史真实性的，例如山姆·沃纳梅克剧院，即莎士比亚环球剧院，在重建后演出的《一报还一报》；另一方面，有大胆翻新的版本，例如 2015 年"与你同行"剧团推出的俄语版《一报还一报》，影射了选举式独裁。学界的争论突出了性别政治（包括雌雄同体和异装癖再现）、民族主义、生态问题，甚至还有莎剧舞台上的儿童演出伦理问题。在这个背景下写下此书固然有趣，但同时也让人心生胆怯。在多元化、两极化和次生化已经大势所趋的情况下，如何才能让书中的分析融会贯通、前后一致？

本书的一种编排办法是，接受莎翁喜剧已被分门别类这个事实。这样一来，本书就可以分章论述"早期喜剧""问题喜剧"，以及"传奇剧"了，或者分别探讨"性别""种族"和"阶级"问题。本书可以单独列出"世界莎士比亚"一章，描述国际上对他的喜剧的接受，还可以专章论述各种媒体上的喜剧，例如"电影中的喜剧"或者"互联网上的喜剧"。比较传统的研究方法很可能系统地处理"莎翁喜剧的来源""近代剧院体制"，以及"首次印刷出版的喜剧"。这都是有用的分类方法，有关这些论题的信息在本书中均有体现。

　　然而，无论这些喜剧彼此之间有多大的不同，我还是力图界定它们的共同属性而非它们的再度分化。以此为目标，本书的第一章审视了莎翁喜剧的"世界"，单独列出剧中故事独特的展开方式。第二章"诙谐"探讨莎剧中的种种玩笑戏谑，包括双关诙谐、双重含义以及笑的心理学。第三章关乎"爱情"，我认为，这方面不仅仅是莎翁喜剧始终关注的内容，而且，更令人吃惊的是，还很有原创性。第四章论述时间问题以及莎士比亚操纵时间的奇异方式：从《错误的喜剧》中故事恰好发生在一天之内的时间设计，到《冬天的故事》第三幕和第四幕的故事横跨十六年。最后是本书最长的一章——第五章，它论述的是人物。这一章开始讲的是 E. M. 福斯特（E. M. Forster）在《小说面面观》中对"扁平人物"和"圆形人物"进行的区分。我认为，最能体现莎士比亚有别于同时代人、有别于后世喜剧作家的，就是他处理人物的方式，然而，这并不是说，他的人物显得更为真实。在本书的末尾，我探讨了"尾声"，不仅涉及莎士比亚戏剧的结尾场次，还探讨了令人费解的问题：作家在晚年显然放弃了喜剧创作。总的说来，我认为，比起今人之所见，莎士比亚的喜剧观更有一贯性。喜剧是他的支柱，喜剧因素不仅体现在喜剧名下的十八部左右的剧作中，而且渗透到他的非戏剧诗中，渗透到了他的历史剧中——最令人感到震撼的是——还渗透到了他的悲剧中。

第一章

世　界

进入森林

实事求是地说，在莎士比亚的全部喜剧中，只有《仲夏夜之梦》(1595)和《皆大欢喜》(1600)的场景主要设在森林中，然而，时至今日依然盛行着一种观念：他的戏剧发生在自然中，因此，不管怎么说它们也是自然的产物(图4)。从复辟时期一直到20世纪，批评家喜欢将"自然的"莎士比亚与和他同时代、显然更有学问和描写城市生活的本·琼森进行对比。德莱顿(Dryden)在1668年写道："自然百态流溢于(莎士比亚的)笔端"，"他不需要以书为眼镜去解读自然……他向内看，发现她就在那里"。一百年后，约翰逊博士(Dr Johnson)依然在这位剧作家

图 4.　约翰·麦克弗森（John Macpherson）绘，"阿登森林"，见弗里德里
克·加德·弗莱（Frederick Gard Fleay）编《莎士比亚的国度》（伦敦：
邦珀斯，1889），现藏于福尔杰莎士比亚图书馆

身上，尤其在他的喜剧中发现了这类自然性。他说，它们
"因自然而永久"，赋予它们力量的正是"始终如一的原始
质朴"。

　　当今学者对于这类人物塑造充满疑虑，这种怀疑不无
道理，莎士比亚受的是古典城市教育，他主要面对的也是
都市观众。他不是自然之子，他的戏剧也并非特地以森林
为场景（《皆大欢喜》中的阿登森林里居然还有兴旺的羊
毛业，因此这里绝不是莽莽苍苍的荒野）。尽管如此，最
常见的直觉——他的喜剧以森林为故事背景——还是有真

实性的，因为，即使行动发生在城市中的时候，它们依然让人感觉是发生在森林里。

在这里，把他和琼森对比一下很有启发性。诸如《狐狸》（1606）和《炼金术士》（1610）这样的戏剧，与莎士比亚的喜剧一样，在环球剧院也有一席之地。这类戏剧不仅仅以都市为背景，而且很讲究建筑布局。它们的行动主要集中在某间房子里。琼森的情节编排给地点设置带来了巨大的压力：随着剧情的发展，通常在一座滴答作响的时钟的指令之下，越来越多的人物要求进来。所有人物对于虚构的街道布局均有具体的感觉；他们经常提到地点。即便是琼森笔下的傻子也有城市人的那种精明劲儿，他们谨防冒名顶替者，随时想要捞上一笔。这样一来，乔装打扮很可能露馅（例如，在威尼斯，化装成江湖医生的福尔奈篷——"狐狸"——很担心"我的胡子和眼眉的颜色／会不会让别人认出我？"）。这与莎剧中的情况完全不同，在莎剧中，没有人会提出这样的问题，即便戏剧家以威尼斯为故事发生地。莎剧中城市的森林属性不易为读者一眼看出，尤其当读者看的是 19、20 世纪的莎剧时，就更是如此，因为编者秉承一个长期存在的传统：添加方位以便帮

助读者识别行动实际发生的具体地点。因此，例如，最新
的阿登版莎剧全集为《错误的喜剧》的开头设置了这样的
场景：

> 场景：剧中故事发生在以弗所。剧中场景再现了三座"房
> 屋"前的一条地点不明确的街道或一个"市场"，
> 房屋的结构或大门上带有各种标志：交际花的住
> 房（豪猪）、以弗所的安提福勒斯的住宅（凤凰）
> 和尼庵（十字架或某个宗教象征物）。

这一切听起来头头是道。在莎剧中，《错误的喜剧》
的地点最具体，故事情节大致如下：在同一座城市的同一
天当中，两对孪生兄弟与他人频繁打交道，发出相互矛盾
的命令，由于身份被人弄混，引发了各种混乱。然而，阿
登版编者为我们提供的"场景"却是凭空臆想之物。这部
剧的印刷原本并没有提供关于地点的舞台说明，这部剧在
近代演出中使用的场景各不相同，这都依据它们使用的表
演空间而定。

即便是所有喜剧中最为经典的《错误的喜剧》，也经

常不理会刻板的外部城市背景。事实上，莎士比亚不时地在舞台上创造了"家庭气息"十足的氛围。例如第三幕第二场，尽管没有设置任何具体的地点，但它还是让人感到，它就发生在以弗所的安提福勒斯（孪生兄弟之一，在前一场中，他被自己的老婆锁在了门外）家中。在他不知道的情况下，与他长得一模一样的孪生兄弟得到了他的妻子和仆人的招待，她们将此人误认为主人。观众可以感觉到这座房子的内部情况，因为剧中多次提到"厨房女佣"，以及他妻子和妻妹从中活动，虽说其他人物的出场和退场依然可以暗示出街道上人流不息的景象。从逻辑上讲，这场戏无法与某一个实际地点绑定，它只是"舞台"上演出的结果。不足为奇的是，叙拉古的安提福勒斯这位外乡人感觉到，他来到了一片神奇的海洋——他称露西安娜为"亲爱的美人鱼"和"塞壬"，并且在这个陌生的王国里抒发情怀：

我的灵魂天生就坦荡纯粹，

您为何费心让它迷茫气馁？

您是神明吗？难道要把我重新塑造？

那就请吧，我愿任由您摆布。[1]（第三幕，第二场，37—40行）

随着行动的进一步展开，以弗所城让人感到越来越像一座森林："这里难道是仙境！哦，不幸中的不幸，/ 我们遇到了些妖怪、猫头鹰和精灵。"仆人叙拉古的德洛米奥抱怨道（第二幕，第二场，192—193行）。作为神奇的庇护所，尼庵（阿登版编者确认，它是此剧开头的三所"房屋"之一）只出现在最后一幕当中。从逻辑上讲，这种基督教场所（这里的住持竟是安提福勒斯兄弟失散多年的母亲）不可能存在于古希腊城邦中。

适用于《错误的喜剧》中以弗所的情况，更适合《第十二夜》（1601）中伊利里亚这样的地方。这部剧的场景在两个宫廷或者两个家庭之间摇摆不定，一方是伊利里亚公爵奥西诺的府邸，另一方是"伯爵之女"（第一幕，第二场，31行）奥丽维亚的府邸。这两个地点的性质以及

1　本书中引用的该剧译文，均来自牛云平译《错误的喜剧》，外语教学与研究出版社，2016年。由于原剧版本不同，这里提供的引文在原剧中出现的行数与中译本或有出入。这种情况也出现在本书引用的其他莎士比亚喜剧中。——译注，下同

两家之间的距离都很含糊。公爵是奥丽维亚家族的君主吗？奥丽维亚住的地方是宫殿，还是只是一座豪宅？在这两个行动中心之间隔着什么样的距离？它是城市，还是荒野？这些问题不管怎么如实回答，最后都会让人感到别扭。《第十二夜》中经常提到的地点有：奥丽维亚家中的花园，托比爵士及其同伴就是从园中的"黄杨树"上监视马伏里奥的；西巴斯辛被指控斗殴所在的"街道"；"南郊区"，安东尼奥下榻的大象客栈所在地；马伏里奥被捆绑关押的"黑屋"。这就让人感觉到故事发生在城里，各个地方划界明确，但实际上这些空间的界定并没有这么细致。例如小丑费斯特轻而易举地从一个地方跑到另一个地方，他在奥丽维亚家中摊上了倒霉事，但是，他又出现在奥西诺宫廷"附近"（第二幕，第四场，12 行）。这部剧的最后一场相当漫长，同样出了名地难以搬上舞台，因为它的发生地根本搞不清楚：警官们将被捕的安东尼奥带到了舞台上，仿佛他们身处法庭；奥丽维亚对仆人发号施令，好像是在自己家中，她就是家里的女主人；当安德鲁·艾古契克爵士与托比·培尔契爵士闯了进来，头破血流，要求喝得醉醺醺的外科医生狄克帮忙，这就让人感到，我们突然身处英国城镇。这个舞台既是意大利风格的宫廷，又是一座乡间宅邸，同时还是一条喧闹的街道，当费斯特在此剧的结尾处唱起"嘿，嚯，风儿刮雨儿下"[1]这首歌时，我们感觉自己最像身处森林当中（第五幕，第一场，386 行）。

正因为有了这种地点交替变换现象，莎士比亚的城市喜剧和那些真正以荒野为场景的喜剧才有大量的重叠。在这方面，《仲夏夜之梦》就是莎士比亚在全部虚构作品中创造的多重世界同时出现的终极例证，它把贵族与平民，把神奇与平庸，把古代和当代结合在一起。观众很容易忘记，这部剧的背景很可能是古希腊时期雅典城外的一处森林中，因为尼克·波顿和其他粗鲁的工匠明显属于一个不同的时代和不同的地点。森林特殊法则允许莎士比亚创造出某些异乎寻常的情景，例如，他让某些 16 世纪的英国人在古希腊神话人物忒修斯和希波吕忒面前表演古典悲剧（"最令人悲伤的喜剧，皮剌摩斯和提斯柏最残忍的死亡"）。

1　本书中引用的该剧译文，均来自王改娣译《第十二夜》，外语教学与研究出版社，2016 年。

亘古不变的森林允许不同历史时代的人物在此会面，不仅如此，它还创造了特殊的运动规则：只有当剧作家想让人们会面之时，他们才能见面。这样一来，在《仲夏夜之梦》中，另一个人物上场之前，先前的人物总是处于睡眠状态。更有甚者，提泰妮娅睡觉的地方，正是粗鲁的工匠们排演节目的地方。这座森林似乎无限广袤，同时又无比的拥挤；它是完美的白板舞台。以弗所或伊利里亚的街道上的活动也与此相似：双胞胎兄弟直到戏剧结束的时候才相见；此时此地，没有墙能将他们隔开。

这种奇怪的空间特性是根据莎翁喜剧改编的电影几乎没有得到批评界的颂扬的原因之一。电影基本上是一种写实主义媒体：正如迈克尔·哈塔维（Michael Hattaway）所说，电影银幕的功能"类似于面向'真实'世界的窗户"。这种坚实的感觉对于莎士比亚的悲剧非常有利，在他的悲剧中，诸如艾尔西诺或邓希嫩这样让人压抑的地点能够烘托出哈姆莱特或麦克白这样的人物的心理。然而，莎士比亚的喜剧却经常因为选择了具体的地点而显得贫乏。甚至佛朗哥·泽菲雷利（Franco Zeffirelli）的著名影片《驯悍记》——由理查德·伯顿（Richard Burton）和伊丽莎白·泰勒（Elizabeth Taylor）主演——也因为导演将行动的地点设在了一座意大利小镇上，而不是像原作那样采取了戏中戏的方式而损失惨重。这个问题最有创意的解决办法是阿德里安·诺布尔（Adrian Noble）的电影《仲夏夜之梦》所提供的。这部电影的事件发生在一座魔法屋中，或是以微缩景观的形式在桌子下展开，或是从一个茫然少年的视角，透过炉面逐渐表现出来。诺布尔的影片紧贴皇家莎士比亚剧团 1994 年演出的原作，经常使用舞台布景的形象，包括儿童木偶剧院和维多利亚风格的剧院，后者是粗鲁的工匠们在电影快要结束的时候进行表演的地方。令人称奇的是，诺布尔的影片不是通过树木，而是通过一扇扇在舞台上能够升降的门来制造森林效果的，这些门有的时候用来供人们出入，有的时候就空荡荡地摆在那里（见图 5）。这些门让人们想到了滑稽闹剧的传统，但我们看到的是违反正常体裁规则的闹剧。剧中的恋人们，海丽娜、赫米娅、狄米特律斯和拉山德，不断地从一扇随意漂浮的门进来，又从另一扇与它毫无关系的门出去。这种超现实主义的戏剧空间性质完美地概括了莎士比亚笔下的森林性质：它既是荒野性的，又是被驯化过的，既是

图 5. "提泰妮娅的闺房",来自阿德里安·诺布尔在 1994 年执导的《仲夏夜之梦》,现藏于莎士比亚故乡基金会

有限的,又是无限的。在莎士比亚的全部喜剧当中,有如梦如幻的东西——无论这些喜剧的背景是放在森林、宫廷还是城市——这一点扭曲了时间和空间的属性,最能体现地点设置的灵活性。

宫廷之外

《皆大欢喜》中的小丑试金石与罗瑟琳和西莉娅进入

阿登森林，在剧情进行到一半的时候，他和当地的牧羊人柯林开始了一段对话。柯林问试金石："您觉得这牧羊人的日子如何？"试金石含含糊糊地回答说：

说实话，牧羊的，就它本身来说，这种日子挺好的；但因为这是牧羊人的日子，真是一文不值。因为无人打扰，我很喜欢；但因为与世隔绝，就十分恶劣。而且因为是在田野之中，我很满意；但因为不在宫廷，就无聊透顶。[1]（第三幕，第二场，13—18 行）

试金石的回答带有莎士比亚喜剧中常见的悖论：这里既和宫廷有关，又在宫廷之外，流亡于宫廷生活之外令人遗憾，但这种流放也是喜剧大发展的条件。柯林与试金石随后展开辩论，话里话外也有这种怪异关联的特点。例如，试金石坚持认为，由于柯林的举止不合宫廷的"礼仪"，因此，它们一定是不检点的，牧羊人的灵魂也就"岌岌可危了"（第三幕，第二场，40—43 行）。荒唐的是，

---

1 本书中引用的该剧译文，均来自彭镜禧译《皆大欢喜》，外语教学与研究出版社，2016 年。

两人的争论非常有条理性，非常学术化，双方问的都是正经八百的问题："说说您的理由？""拿出证据，别啰嗦""快，证明""浅薄，浅薄""来一个好点儿的证明，快"（第三幕，第二场，38行，50行，50—56行）。因此，尽管试金石抱怨自己置身于乡野鄙夫之中，但作为观众，我们却发现自己面对的是一个知识空间，它去宫廷的路程至少已经走了一半。

柯林与试金石的对话是一个很好的例子，足以说明威廉·燕卜荪（William Empson）所说的"老式田园诗的伎俩"："化繁缛为质朴"。从根子上来讲，它需要使用"温和的反讽"，让外表天真幼稚的人物表达出高明和有学养的思想。燕卜荪说的"老式田园诗"本质上是都市的文学题材。尽管它描写牧羊人和其他乡野村夫，赞扬了自然的质朴，然而，田园诗的成规是高度程式化的。如此一来，在诸如莎士比亚熟知的埃德蒙·斯宾塞（Edmund Spenser）的《牧人月历》等作品中，我们会发现，像柯林这样的乡村青年，一边放羊，一边用灵巧的诗歌韵律讨论意义重大的话题（包括艺术、爱情、神学和政治）。把宫廷人物带到这样的自然环境下，同样是约定俗成的，它引发人们去思考很多问题：文明的腐化、内在的崇高如何表现于自然当中，以及关于人与野兽的区别。菲利普·锡德尼爵士（Sir Philip Sidney）的《阿卡迪亚》，莎士比亚多次引以为题材来源，就是以那种移置为基础的。在这部作品中，王子和公主一度居住在森林里，经历了这个过程后，他们对自身有了新的真知。

　　莎士比亚的森林很像宫廷，他的城市像森林；这种奇怪的倒错现象非常有助于我们了解支配他的艺术的种种规则。试金石与柯林之间的正式辩论，是剧作家嵌入自然环境的那种典型的对话：例如，它相当于在《冬天的故事》（第四幕，第四场，79—108 行）中两位乔装打扮的贵族潘狄塔和波力克希尼斯之间关于人力与自然的相对优点的辩论。因此，莎士比亚的喜剧世界的核心部分是田园诗，要么直接取材于诸如罗伯特·格林（Robert Greene）的《潘多斯托》（1588）等作品，要么零零碎碎地引入正式的对话、女扮男装、歌谣等惯例。还有大量的文艺复兴戏剧家利用这种奇异的世外桃源，将乡野村俗与学术讨论交织在一起，在这方面，最明显的例子就是约翰·黎里，他的戏剧——例如《加拉提亚》（1588）和《爱情变形记》

（1590）——对莎剧产生了塑造性影响。

通过田园诗剧，宫廷与乡野紧密结合，这有助于解决关于莎士比亚喜剧早期批评中的那些自相矛盾的反应，这些反应宣称，莎士比亚的喜剧是粗野无文的，但不知为何也是浑然天成的（比起琼森讽刺文学中的残酷世界，要文雅得多），乔治·梅瑞狄斯（George Meredith）写过一本最有睿智的喜剧通论，行文伊始，他便约定成俗地概括：

> 莎士比亚是许多浸透喜剧精神的人物的源泉；除了他的作品，我们在别的作品中绝对找不到比他们更有血有肉的人物了；他们属于这个世界，但他们所属的世界被想象力、被伟大的诗的想象力放大到了我们所能接受的程度。在某种程度上，他们就是——我这么说是为了配合我现在的比较——森林和野地的造物，而不是身处带有围墙的城镇里，他们没有成群结队、步调一致地展示狭隘的社交世界，从而令人感到可笑。

这种归纳自有吸引人的地方，但它与梅瑞狄斯后来就喜剧性质提出的更大命题格格不入，他认为喜剧是一种学养深厚的体裁。因为梅瑞狄斯提出："半野蛮状态"是喜剧所厌恶的对象。事实上他针对的不是莎士比亚，在他眼中，莎士比亚是自学成才的天才人物，对于标准规则来说，是大大的例外。

事实上，梅瑞狄斯为喜剧繁盛的环境制定的规则适用于莎士比亚，即便它们看起来与森林世界格格不入。他不仅要求有"一群有教养的男男女女"，他还说"某种程度上的性别平等"是喜剧繁荣的必要条件。梅瑞狄斯心里主要想到的是客厅闲谈中的俏皮话：简·奥斯丁（Jane Austen）的爱玛与艾尔顿先生"有可能径直步入喜剧当中，如果情节为他们准备完毕的话"，他评论说。奥斯丁的悠闲、文雅，摄政时期的流光溢彩，这一切让人感觉与莎士比亚的伦敦环球剧院相距甚远，然而，令人匪夷所思的是，田园诗规则的确立在伊丽莎白时代的喜剧舞台上创造了森林版的客厅。在阿登或伊利里亚虚构的世界中，打扮成男孩子的女性暂时取得了梅瑞狄斯所指定的"社会平等"，从而有声有色地参与了"博学的愚人们的游戏"，例如："为一桩可疑的事业进行的正经八百的申辩"。罗瑟琳（化装成甘尼米）与奥兰多在《皆大欢喜》中相互交谈，大讲俏皮话，这与奥斯丁小说中爱玛与艾尔顿先生在起居室中的相互戏谑并无太大的不同。

如果说，正如梅瑞狄斯所言，莎士比亚创造的喜剧人物并不是"带有围墙的城镇"的造物，那么，他们也不是"森林和野地"的造物。他们从都市和宫廷前往大自然当中，但他们总是准备返回宫廷。在莎士比亚的绿色空间的边境地带发生的巨大转变明显地说明了这一点。步入那里的人们可能立刻发生思想转变。《皆大欢喜》中的邪恶公爵弗莱德里克是一个极端的例子。在戏剧行将结束之际，据说他率领大军，决定要找他的兄长，并且"处死他"（第五幕，第四场，156 行）。然而，森林的神奇法力立即产生效果。用贾奎斯·德·布瓦的话说（贾奎斯是奥兰多的次兄，他在这个时候出现，只有报信的功能），弗莱德里克一脚踏进绿色世界，宫廷里的繁文缛节便都消失了：

> 他来到这片野林的边缘，
>
> 遇见一位潜心修道的老者，
>
> 与他交谈之后，改变了心意，
>
> 既不再来攻，也放弃俗世，

把他的王冠留赠遭罢黜的兄长，

所有土地也发还跟他一起

流亡的大人。我以生命担保，

这都是事实。（第五幕，第四场，157—164行）

这种转变的目的性太过明目张胆，以至于在一场出色的演出中，观众甚至不大注意到它的荒诞：我们只是认为，剧作家此举是为流亡在外的老公爵一伙人胜利回朝之前扫清遗留问题。然而，城墙内的实用主义世界可能不会让一场回归变得那么欢天喜地。《爱的徒劳》也是将它的喜剧放在了田园诗般的乌有之乡，法国公主不得不住在纳瓦拉城门外的田野中。然而，到了剧末，并没有出现回归文明世界的欢喜景象：公主父亲病逝的消息让她"守孝"一年，多嘴多舌的俾隆去"医院"照顾病人。所在地方的具体说明成为这两部喜剧结束的标志。

莎士比亚能够让他的都市、城镇和宫廷服从森林的空间规则，如果他想这么干的话（例如《温莎的风流娘儿们》中的温莎，从未让人感到故事发生地受到了限制，在结尾之际，故事背景很容易转移森林中）。然而，有的时候，墙和门的确成为一种更加有形的存在，喜剧的流动由此变得困难起来。《特洛伊罗斯与克瑞西达》中带有城墙的特洛伊或者《一报还一报》（1603）中维也纳的地牢就属于这种情况。这些地方的议事室、带浮雕的柱廊、密室和监狱腐化了主角们的精神——这是一个由腐败的统治者、下层恶棍和性病构成的世界。喜剧的传统因素（化装、替代、婚姻、小丑的嘲笑）用在这些地方，让人感觉到牵强做作：莎士比亚让那些在自然界中似乎轻而易举就能发生的事情在这里变得艰难起来。这样一来，到了《一报还一报》的结尾，不诚实的安吉鲁就像《皆大欢喜》中的弗莱德里克公爵那样，同样被心安理得地宣布变成好人了，但是，由于缺乏田园作品中的魔法，这样的情节让人觉得不可信。

地点转换

许多莎士比亚的喜剧剧情始于宫廷，然后转移到农村：结束于荒山野岭这些化外之地，但剧作家又为人物提供了欢天喜地返回宫廷的希望。然而，有些喜剧运用了更加灵活的结构，让两个不同的地点展开一种对位式对话。《威尼斯商人》便是一个出色的例子。剧中的威尼斯和贝尔蒙特不仅相距甚远，而且实际上奉行的是不同的通用规则。鲍西娅金盒择偶，这在威尼斯几乎是不可想象的。在贝尔蒙特这个地方，像鲍西娅的其他追随者——摩洛哥亲王和阿拉贡亲王——那样的童话人物，很愿意签署一份荒唐的爱情考验契约：猜错盒子的人终生不得结婚。这种编排不大可能通过威尼斯法庭的司法审查：这座城市是相当讲究字面契约的地方，不是一个宣扬冒险和讲究象征的地方。

在《冬天的故事》中，西西里亚和波希米亚的通用规则同样有所不同，这种差异不仅体现在人物行为的层面，还体现在戏剧家设置场景时使用的工具。在西西里亚（从第一幕到第三幕的剧情几乎都发生在这里），没有歌曲、幕间幽默短剧，没有自然界的荒谬干预（例如发生在波希米亚的"熊追人退场"，名声极差）。西西里亚是荒凉和讲究繁文缛节的地方：这里有的是崎岖不平的小路和外交会谈，在最后阶段，它成了一个具有神秘信仰的地方。波希米亚则更有世俗气息：这是一片田园喜剧的土地，其中的人物和风景分别是古典的和乡野的。下面几句破烂韵文便出自奥托吕科斯，此人的名字具有古典气息，但说起话来英格兰味道十足，从中可以领略该剧的氛围：

百灵欢乐把歌唱，

嗨！画眉松鸡来帮忙，

唱得我和婆娘心痒痒，

云雨欢情难阻挡。[1]（第四幕，第三场，9—12 行）

　　这里的"婆娘"指的是女友或情妇。这个词，还有唱词中提到的干草堆上翻云覆雨以及英格兰鸟类名字，让人感觉到这里说的不是地中海地区。与这个快乐的英格兰主题并行不悖的是，波希米亚的性准则要比西西里亚宽松得多。在西西里亚，即便是王后赫米温妮的纯洁请求也引起了国王的疑心。波希米亚与西西里亚之间的往复由此产生了主题意义。莎士比亚通过对比两个世界，拿贫瘠对抗丰饶，拿悲剧对抗喜剧，拿冬天对抗春天。

1　本书中引用的该剧译文，均来自李华英译《冬天的故事》，外语教学与研究出版社，2016 年。

拿一个世界与另一个世界对比，这种倾向是莎士比亚的特色。他的同时代人对戏剧背景的意识往往更加绝对，不容置疑，即便这些背景——正如莎剧背景那样——具有严重的年代误植问题(让时髦的意大利吹牛大王云游四方，从 6 世纪的阿拉伯半岛游荡到古代的不列颠)。莎士比亚乐于将一个世界与另一个世界并驾齐驱，这就使他走出喜剧的边缘，步入其他文类的领地。这样一来，如果说《冬天的故事》主要是一部传奇故事，而不是喜剧，那么，我们可能会说，它的喜剧部分限于波希米亚这一个地方，其边界受到了严密监控。《亨利四世》(上、下)也出现了类似情况,这两部剧的创作依据的也是两个世界对比的模式。福斯塔夫是莎士比亚最伟大的文学创造,他在任何环境下都有戏份,但是,他真正的用武之地是伦敦的后街和格洛斯特的乡野。在这些地方——正如在阿登——各种社会区隔才能够暂时松弛下去：乔装打扮和角色演习可以进行，时间的逻辑可以暂缓。

《亨利四世》(上)开局伊始，出现的是一个高度政治化的场面，它突出强调的是，王国边境警报频传，急需采取行动。与此形成鲜明对比的是，第二场大致出现在伦敦的下层社会，这场戏一开头便恰如其分地出现了福斯塔夫的台词"嘿，哈尔，现在什么时候啦，年轻人？"，以及王子的尖锐反驳，坚称福斯塔夫没有时间观念：

> 你喝萨克老酒喝傻啦，吃过晚饭你就宽衣解带睡觉，一过正午你就在凳子上打鼾，傻乎乎忘记了该问什么问题。时间同你有什么相干？除非每一个钟点就是一杯萨克酒，每一分钟就是一阉鸡，时钟是鸨母的舌头，日晷是妓院的招牌，就连那尊贵的太阳自己都变成一个身着火红色绸衣的娇艳风骚的女人，除非如此，我不知道你有什么理由如此好奇，多费口舌问现在是几点？[1]（第一幕，第二场，6—12 行）

哈尔的这番话预示了奥兰多在《皆大欢喜》中的宣告"森林里没有时钟"，正如福斯塔夫的反驳"让我们做狄安娜的仆从、黑夜的绅士、月亮的幸宠"（第一幕，第二场，25—26 行），证实了他为青年王子打开的那个世界具有阿登森林的属性。后面的盖得山庄抢劫闹剧与场地规则的变

---

[1] 本书中引用的该剧译文，均来自张顺赴译《亨利四世》（上），外语教学与研究出版社，2016 年。

化是一致的。它发生在城外适合作案的乡野环境，哈尔和同伙乔装打扮，抢劫了福斯塔夫。后来福斯塔夫对这桩抢劫案的描述充满了可笑的夸张和特殊的申辩，证实了乔治·梅瑞狄斯的名言：喜剧萌发于人们为一桩可疑的事业进行的正经八百的申辩当中。

《亨利四世》中的孪生世界印证了莎翁喜剧独特的空间属性。在这种空间之内，没有哪一场会面是不可避免的，时间是可以扩展的，自然法则似乎一成不变地提供肉体需要。福斯塔夫的时钟只计数萨克酒和阉鸡（也就是葡萄酒和肥公鸡），正如《第十二夜》（1601）中的托比爵士时时在吃饭喝酒，并且坚持说，"午夜后去睡就是早睡"（第二幕，第三场，8—9行）。这两位胖骑士有许多共同的地方，首先，他们都反对审慎和算计意识。在这方面，清教徒马伏里奥与《亨利四世》中的马基雅维利式的政客一样，代表了相同的靶子。不过，二者之间的差别在于，托比爵士居住在伊利里亚的真正的喜剧空间，那里没有敌军入侵，而亨利史剧中的福斯塔夫最终必须服从空间和时间的历史规则。

第二章

诙　谐

双关语

"双关语之于莎士比亚，犹如发光的雾气之于旅行者；他在全部历险过程中追逐着它走，它注定要引导他偏离正道，注定要吞噬他。"约翰逊博士于 1765 年如是说。1817年，威廉·哈兹里特（William Hazlitt）痛诋约翰逊对莎士比亚的看法，至少从那以后，我们就不再看重这类批评了。不过，分批连续读完莎士比亚的几部喜剧之后，即便是最热忱的莎士比亚的崇拜者也开始觉得约翰逊的话有一定的道理。"双关语"就是一种双关诙谐语或者说文字游戏，在莎士比亚的作品中随处可见。对于现代人的感受力来说，许多双关语已经是很陌生了。这些双关语往往充满了性别歧视和男人戴绿帽子的桥段，相同的玩笑一再出现。在评注莎剧过程中，编者给它们加了长长的注释；在实际演出过程中，它们经常被剪掉。尽管莎士比亚的喜剧世界似乎是永恒的，并且是可以永远被改编的，但他的双关语却有时间的局限性，不仅它们的意义，它们所传达的态度也是如此。我们可能不再同意约翰逊的看法，即"对他来说，双关语就像克莉奥佩特拉，他为此失去世界，但他竟然对此很满意"，但莎士比亚的文字游戏的确代表了一种挑战。哈兹里特及其他浪漫派批评家说，莎士比亚的诗一直"闪耀着本土天才的光芒"，这种双关语真的与这样一位剧作家的眼光相协调吗？

我们在哪里可以找到莎士比亚的双关语？它们真的如约翰逊所说，由于魅力不可阻挡，从而让该剧作家分心，偏离了正事，由于语言游戏取代了情节，从而使"他的作品不再完整"？在这桩公案中，确凿的证据来自《维洛那二绅士》，它可能是莎士比亚的首部剧作。与他的许多早期剧作一样，剧中充斥了经过精心安排的仆人之间的对话，这就为大讲俏皮话提供了便利：

史比德：怎么了，朗斯先生？你的主人他有啥消息？

朗斯：我主人的船吗？嗨，在海上漂移。

史比德：好啊，你这个老混蛋，故意曲解。那好，你那

纸上都说些什么？

朗斯：你从未听过的最黑的消息。

史比德：咋了，伙计？有多黑？

朗斯：嗨，黑得像墨水。[1]（第三幕，第一场，276—283 行）

这些东西很难说是我们所期待的莎士比亚的才华，更谈不上"诗人与哲人的统一"，谈不上伟大的浪漫派诗人–批评家塞缪尔·泰勒·柯尔律治（Samuel Taylor Coleridge）所主张的"有机规律性"，即，"各个部分都遵守同一条法则，配合这条基本原则的外在象征和表现"。朗斯"用词错误"的"老毛病"，在好多页中接连出现，即便对于最坚定的莎士比亚支持者来说，这很可能都是在考验他们的耐心。

显然，早年的观众更加容易接受这种文字游戏。莎

1　本书中引用的该剧译文，均来自李其金译《维洛那二绅士》，外语教学与研究出版社，2016 年。

士比亚去世后不久，人们在回顾上一代喜剧作家的时候，愈来愈明确地区分了引发观众大笑的"幽默"和"诙谐"，而莎士比亚是以诙谐而著称的。正如威廉·康格里夫（William Congreve）所解释的那样，幽默本质上与人物有关，幽默（癖性）喜剧的最佳例证来自本·琼森。琼森的喜剧《安静的女人》（1610）中的人物莫罗斯便是幽默的完美例证：此人一门心思注意自身健康（他最痛恨噪音），从而成为合适的讽刺对象。另一方面，诙谐更多地与机智相关，包括语言上的机敏："出其不意并且让人解颐的"东西，康格里夫如是说。诙谐的这种令人愉快的一面几乎和讽刺正相反，它可以出现在任何人物的身上，按照康格里夫的说法，"它们应该来自诙谐之士，甚至傻瓜也可以误打误撞地发出诙谐之语"。莎士比亚更像一位"诙谐"的作家，而非17世纪意义上的"幽默"创造者，虽然康格里夫并没有明确这样说。约翰·德莱顿在评述上一代喜剧作家的时候，着重对比了琼森与莎士比亚。对于前者而言，"幽默是他的用武之地，在这方面，他热衷于再现那些执着一念、行事机械的人物……如果把他和莎士比亚进行比较的话，我必须承认他是更为正确的诗人，但莎士比亚是更了不起的诙谐之士"。

当德莱顿说莎士比亚的作品"在很多时候写得沉闷、枯燥,他的喜剧性诙谐沦落到了强颜欢笑的地步"时,他很可能想到的是上文引用的《维洛那二绅士》中诸如史比德与朗斯交谈的情形。不过,总的说来,他在莎士比亚的诙谐当中发现了大量的天才:"莎士比亚诙谐的好处就在于",它为 17 世纪英国戏剧家提供了一份具有重大变革性质的遗产——它让他们摆脱了传统喜剧的尖刻冷峻,代之以轻松愉悦。莎士比亚的诙谐所具有的那种轻松、无目的的性质(与琼森倡导的那种教谕性模式形成了对比),深受 17 世纪观众的喜爱。例如,正是出于这个原因,威廉·戴夫南特将《无事生非》中贝特丽丝与培尼狄克的情节(以及这对舌剑唇枪的恋人诙谐的打情骂俏)提出来,与《一报还一报》的情节捏合,于 1662 年推出了成功的新剧《棒打鸳鸯的法律》。当我们审视贝特丽丝的诙谐之时,我们发现了比朗斯-史比德的戏谑更加微妙的东西,但它基本上还是在玩"用词错误"的游戏。

尽管这种诙谐让人感到轻松愉快,但剧中其他人物则视其为威胁。正如她的表姐希罗所说,贝特丽丝"把男人

批得体无完肤":

> 就算我好言相劝，
>
> 她也会用层出不穷的俏皮话
>
> 一句句把我挖苦得无地自容。[1]（第三幕，第一场，68行，
>
> 74—76行）

　　贝特丽丝取得的"转折"或反转效果，既体现在语言层面上，也体现在人物性格层面上。当使者赞扬培尼狄克"他也是个好军人"，她故意曲解使者的原意："比起一位小姐，他算是个好军人。然而和一个真正的贵族比起来，他又算什么呢？"（第一幕，第一场，51—53行）。这种诙谐相当于一种诗才；在莎士比亚时代，"wit"（才子）这个词的确常用于描述创造性天才。贝特丽丝引人发笑的连珠妙语是更大的诙谐案例，强化了文学效果，正如建立在奇思妙喻基础上的玄学派诗歌（例如约翰·多恩［John Donne］的诗歌），它们都是由各种"奇思妙喻"所组成

1　本书中引用的该剧译文，均来自解村译《无事生非》，外语教学与研究出版社，2016年。

的。企鹅版《文学术语词典》对文艺复兴时期的奇思妙喻的解释是："一种机巧、奇异的修辞手法，经常融暗喻、明喻、夸张或矛盾修饰法于一炉，意在通过诙谐和精巧给人带来惊喜"。贝特丽丝和培尼狄克善于使用这类手法，两人斗嘴的时候，经常运用夸张和隐喻。例如，贝特丽丝在剧中就是这样对培尼狄克讲话的：

> **贝特丽丝**：真让我惊讶，您竟然还要这么锲而不舍地说下去，培尼狄克先生，根本就没人搭理您。
>
> **培尼狄克**：哎哟，我亲爱的"傲慢小姐"，您竟然还活着？
>
> **贝特丽丝**：有培尼狄克先生这样的小菜供她下酒，"傲慢小姐"怎么会活得不好？只要遇上您，世上最有礼貌的人也会变得傲慢起来。（第一幕，第一场，110—116 行）

给贝特丽丝安上"傲慢小姐"这样一个寓言式的头衔，已经是想象的飞跃了，但她的答复的聪明之处在于，她接受了这种拟人化说法并且顺着它往下说：这位神不仅活着，而且由于培尼狄克的在场，她还活得很好，培尼狄

克的存在有着炼金术般的力量，让世界上最有礼貌的人
也变得傲慢起来。将重视物质享受的培尼狄克，一个"吃
起东西勇冠三军"的"大饭桶"，变成一位抽象的神的食
物，这里面显然有荒唐的成分。我们所面对的这个世界有
点像多恩的讽刺诗所描写的世界，在那个世界里，骂人的
技巧被抬升到深奥玄妙的水准上，虽说它有着肉体上的粗
俗性。多恩本着这种精神写了一位模仿其诗作的诗人："因
为，如果一个人吃了我的肉，尽管人所共知 / 这肉是我的，
但屎却是他拉的。"他还描写过一位渴求自己有花容月貌
的女士："尽管她的各个器官长得都不到位 / 然而，她还是
长着一副错位的姣容。"这很像贝特丽丝擅长的揭老底的
手法。

因此，就某种意义而言，莎士比亚的诙谐——正如康
格里夫所声称的那样——并无思想和道德上的目的性；它
仅仅是聪明人喜闻乐见的一种娱乐游戏。虽说如此，诙谐
也有助于形成柯尔律治大加赞赏的莎翁创作中的"有机规
律性"。甚至在《维洛那二绅士》中，在该剧对话和情节
中不间断地出现的俏皮话和反转也自有其主题目的。正如
主要男性人物凡伦丁和普洛丢斯（译按：凡伦丁源自情人

的主保圣人圣凡伦丁；普洛丢斯是希腊神话人物，海神，能够随心所欲地改变自己的相貌）的名字所暗示的那样，这部剧与爱情和变形有关，而语言扭曲这个所有人物的说话特征，完全符合这部戏剧的主题。

《维洛那二绅士》的第二幕，以朱利娅和她的女仆露西塔为主角，便是一个很好的例子。这一幕中的诙谐体现出音乐规律性：这两个女人舌剑唇枪，激烈交锋，有时用对仗，有时说半句，有时说全句，通过一整套音乐术语——"音符""升号""降号""低音""叠歌"，制造程度不一的双关效果，以此来产生诙谐。在这一幕结束之际，朱利娅撕碎了引发两人争执的那封信，然后，她又试图一块又一块地将它粘起来。就其本身而论，这一幕无足轻重，但是，如果放在整个背景当中，它却是对全剧情节的完美提喻。同样，全部情节就像一系列对位式变奏在发挥作用：书信投错了地方、送错了人、被撕碎和造假。在《维洛那二绅士》中，所有人物似乎都执迷于曲解词语的原意，从而让持续变化的话题前后一致。

在诸如《无事生非》这样情感比较复杂的戏剧中，诙谐显得不合时宜的时刻也可能发挥了重要作用。这时候，喜剧的标准手法，例如狡猾的仆人的足智多谋，认错人，冒充他人去求爱（这些手法均出现在《维洛那二绅士》中），最终被用于邪恶意图。这样一来，在一部讲述女性蒙受忠贞之冤的喜剧中，诙谐的段落呈现出阴沉忧郁的一面（事实上，莎士比亚五年后继续在悲剧《奥瑟罗》中验证这种诙谐如何导致毁灭）。最可气的是，在《无事生非》当中，唐·彼德罗和克劳狄奥让蒙受冤屈的希罗饱受羞辱，不顾其生死，扬长而去，接着便想寻欢作乐。这两个人到处找培尼狄克为的是找乐子，态度粗俗冷酷，令人无法谅解：

> **克劳狄奥**：我们正到处找你呢，心里烦闷得要命，想找
> 　　　　　些乐子排遣排遣。你给我们讲个笑话吧？
>
> **培尼狄克**：笑话在我的剑鞘里，要不要我把它拔出来？
>
> **唐·彼德罗**：你平时都把笑话系在腰上吗？
>
> **克劳狄奥**：只听过人家抖出一包袱笑料，还没听说谁把
> 　　　　　笑话藏在剑鞘里的。你快把它拔出来吧，就像吟游
> 　　　　　诗人从琴囊里拔出乐器，给我们来一曲乐和乐和。
>
> （第五幕，第一场，123—130行）

　　唐·彼德罗和克劳狄奥在这里讲的这番诙谐语，也就是莎士比亚的诙谐语，未能实现作者的意图：首先，前者是在拿"无计可施"（besides one's wit）这个短语打趣（他由于受挫而智穷计尽），然后克劳狄奥反唇相讥，更胜一筹，暗示培尼狄克神志不清（lost his wits，因爱贝特丽丝爱到如痴似狂），但是无论哪一句俏皮话都未能奏效。忧郁未能转变为笑声。

　　不过，这里提到的种种诙谐情况所显示的，正是所有喜剧所暗含的暴力成分，也就是促使托马斯·霍布斯（Thomas Hobbes）给"笑"下了一个著名定义的敌对情绪：打败对手之后，凌驾于对方之上的"突如其来的自豪感"。下面略微详尽地引述一下他对诙谐的评价：

　　人们嘲笑滑稽事物，由此而生发出来的诙谐一直表现在，准确地发现并体会到别人的种种荒谬：在这种情况下，由于突然想到了我们自己的优势和长处，便油然而生嘲笑他人的强烈情感。由于有了他人的缺点或荒唐作为陪衬，我们能不自高自大吗？因为，假如被取笑的是我们自己或者是因我们而受辱的朋友，我们绝对会笑不起来。

霍布斯的这个说法与克劳狄奥和培尼狄克两人的交锋有许多关联之处，这里面包含——即便是在它们生硬的幽默当中——过时已久的诙谐起源。一方面，尽管克劳狄奥伯爵的俏皮话里不乏友好的精神，却在贬低社会地位不如他的下属：将培尼狄克比作吟游诗人，"从琴囊里拔出乐器，给我们来一曲乐和乐和"，这一定让人听着难受，因为它让人想到贝特丽丝对他的嘲讽，说他是"亲王跟前的弄臣"（第二幕，第一场，127 行）。另一方面，伯爵的用词——"排遣""拔出"和接下来所说的"可你这一身男子汉气概足够杀死'忧愁'了"——承认培尼狄克的诙谐是更厉害的武器。当克劳狄奥和唐·彼德罗继续闲扯的时候，他们的诙谐益发软弱无力了，尤其当后者开始讲一件长长的轶事，关于"那天贝特丽丝是怎么夸你的口才的"。在这个背景下，培尼狄克毅然决然地决定不在这个场合讲笑话，是一种宣示权力的行为。让莎士比亚分心的双关语，不仅有力地塑造了喜剧情节，也有力地塑造了其喜剧情感表达。这倒不是说他从来没有做得过火；不会有几个人想念没有史比德和朗斯的日子。

玩笑与无意识

语言学家维克托·拉斯金（Victor Raskin）对于语言幽默的学术探讨是最为全面的，他先是进行了一百页的概述，其中各个小节非常有系统性，每一节都写满了公式，最后，他总结出一个"总体性假说"：

如果某个文本满足了（108）中的两个条件，就可以说它包含着一个笑话。

（108）（i）在这个文本中，两个不同的脚本完全兼容或者部分兼容；

（ii）根据第四节规定的特殊意义，文本中兼容的两个脚本截然不同。

一个笑话理论如此郑重其事地托大，未免引人发笑；第四节篇幅很长，本书无法提供其概要。不过，好在拉斯金讲了一个笑话，可以说明他的要点：

"大夫在家吗？"病人细声细气地低声问道。

"没在，"医生年轻漂亮的妻子低声答道，"快进来。"

这个笑话比莎士比亚的许多笑话都有趣。它有助于说明拉斯金在一般性假说中所说的"脚本"，以及"第四节规定的特殊意义"为何物。所谓的"脚本"，拉斯金指的是诸如"社会语境"或"特殊化的词汇"这类东西。这个笑话中暗含的"脚本"就是（ⅰ）在医生诊所里约定俗成的行为；（ⅱ）男女偷欢时的应有行为。这两个脚本是兼容的，因为，在这两种情境之下，人都有可能低声细语。二者既有相同之处，又有不同之处，就这种"特殊意义"而言，它们还是对立的，因为在医生的诊所里细声细气完全无法激发性欲，但是，医生与护士的世界还是充斥着影射和性可能性。

拉斯金的解释为理解莎士比亚文字的喜剧性提供了有用的起点。例如，在《无事生非》当中，新来乍到的唐·彼得罗初次见到希罗出现在她父亲的身旁，三人之间出现了这样一段对话：

唐·彼德罗：我想，这位就是令爱吧。

里奥那托：她的母亲是三番五次这样告诉我的。

培尼狄克：大人莫非怀疑过？不然怎么会和尊夫人说起

　　这个？

里奥那托：没有怀疑过，培尼狄克先生，因为那时候您

　　还是个小朋友呢。（第一幕，第一场，98—102行）

这段话中有三个社会"脚本"：（i）一个人初次见到站在父亲身边的一位年轻女性；（ii）一位溺爱子女的母亲向父亲盛赞女儿；（iii）男子怀疑妻子与人私通。在这三种情境之下，说某一个女孩子是她父亲的女儿，这话没毛病。就此而言，这三者是互相兼容的，但是，就"特殊意义"——各种亲密关系的不兼容——而言，它们又是截然对立的。

这里的"特殊意义"是十分重要的，近代观众之所以感到滑稽，原因就在于此。不过，我怀疑21世纪的观众不会为之解颐，至少在西方是这样。为什么有可能出现这种差距呢？弗洛伊德（Freud）的心理分析著作《玩笑以及它们与无意识的关系》对于解决这个问题可能有所启发。弗洛伊德区分了"喜剧性""幽默"和"玩笑"。肢体

动作可能具有"喜剧性"：小丑般的夸张动作就是明显的例证。当培尼狄克（通过唐·彼德罗、克劳狄奥和里奥那托的脚本对话）听说贝特丽丝爱上了自己而目瞪口呆、吃惊叹气，就是喜剧性的。在弗洛伊德看来，"幽默"更多地与情感有关，并且以自我为关注的中心："怜悯、愤怒、痛苦等等"，他说，这些情感可以成为幽默，如果承受者没有严肃对待它们的话。培尼狄克就是这样变得幽默的，他受到几位喜剧性阴谋者的欺骗，告诉观众"我也要不可救药地爱上她啦"（第二幕，第三场，222—223 行）。事实上，弗洛伊德的三个分类是互有重合的，但他作了一个有力的论断，他说，只有玩笑才与无意识有关：它们既依赖于"一语双关"，也依赖于"忌讳"——事物之间的隐秘联系和脱节。"可以说，玩笑是无意识领域对喜剧的一个贡献。"弗洛伊德如是说。

弗洛伊德的分析有助于解释，培尼狄克小丑式的装疯卖傻和幽默自嘲为何在现代观众看来依然是可笑的，而与戴绿帽子有关的无数玩笑或许并不可笑。归纳总结一个社会的信念总是件危险的事情，但是，公平地讲，文艺复兴时代的男性知识精英往往持有两种具有潜在冲突性的信

念：首先，女性的美德或多或少等同于她没有性欲；其次
是一种厌女症式的担忧，认为所有的女性都欲壑难填、性
生活贪得无厌。我们肯定还会发现，莎剧中的人物（还有
他的诗歌中的说话人）一再坚持这两种观点。因此，女性
欲望就成了近代英国的一个禁忌，禁忌在笑话当中发挥了
重要功能，正如弗洛伊德所理解的那样。

对于弗洛伊德而言，玩笑的作用无异于梦的作用：它
让某个实际上不被允许的东西生发出快乐。玩笑的简练特
性创造出一种瞬间"短路"的现象，还没等我们完全认识
到玩笑的内涵，它说的东西就被否定了。最后引用一次
《玩笑以及它们与无意识的关系》：

玩笑的精神起因告诉我们，玩笑的快乐产生于文字游戏
或者源于放纵胡说八道，玩笑的意义只不过想去保护被批评
干掉的快乐。（131）

若想让玩笑发挥作用，它必须包含新鲜的东西，并且
能够产生瞬间的困惑；还有一点很重要，讲笑话的人和听
笑话的人必须有着相同的禁忌。如果我们去观察《无事生

非》所描述的世界，我们就会发现，其中既有**对性事的执着偏爱**，又有**对它的否定**。这出戏的题目就暗含着这种双重可能性；它让观众放心，没有发生真正的恶行，但它也狡诈地通过"阴道"这个典故，暂时满足了他们的窥淫癖心理（正如哈姆莱特对奥菲利娅所用的 nothing［译按：即 no thing，阴道］一词的回应："躺在少女的两腿之间，真是个美妙的想法"）。

与这出戏的标题一样，关于里奥那托被告知希罗是自己女儿的玩笑就是戏剧行动的一个提喻（"以部分代替全体"）。这出戏一再利用女性的忠贞去玩藏猫猫的游戏；所以在描写女性的时候，这种现象无处不在，我们几乎可以称其为恋物了。在这部剧的"表层"部分，只不过是讲一个诸如唐·约翰这样的恶棍诬告新娘婚前不贞，欺骗自己的丈夫，但是在戏剧的"底层"部分（在它的"玩笑"中），这种指控却是一再重弹的老调。令人感到诧异的是，关于老公戴绿帽子的玩笑依旧出现在培尼狄克的倒数第二句话中："殿下，你的脸色怎么这么凝重。讨个老婆吧，讨个老婆吧。世上再也没有比戴上一顶绿帽子的丈夫更受人尊敬的啦。"（第五幕，第四场，121—123 行）

罗伯特·阿明（Robert Armin）与威尔·肯普

　　莎士比亚喜剧中的许多因素是恒定不变的；从他最早的戏剧到最晚的戏剧，都有许多戴绿帽子的玩笑：如果去莎士比亚的主要词语索引中查"绿帽子"这个词，你就会发现，仅仅在他的喜剧中就有四十多条关于这方面的拙劣玩笑。但是，在他二十多年的戏剧生涯当中，也有一些发展变化的东西：早期的戏剧具有抒情性（比较明显的是，里面充斥着诗歌）；中期（从1600年左右到1605年）包含严厉的嘲讽；后期作品（创作于1607年之后）有神话成分，通常被称为"传奇剧"，根本不被当成喜剧。造成这种变化的因素有很多：戏剧创作对手的影响；剧院构造的变化；毫无疑问，还有，随着时间的流逝，剧作家的情绪和个人信念发生的不为人知的演变。不过，非常明显的一个变化源于世纪之交剧团人事的变化，因为，在1600年，长期演出莎剧的主要喜剧演员威尔·肯普被一个完全不同的表演者所取代：个子矮小、善于嘲讽的作家兼演员罗伯特·阿明。这种转变立即导致莎士比亚利用诙谐的方式发生变化。

　　《无事生非》于 1600 年付梓,大约是在该剧首演两年之后。这是一部四开本出版物,很像现代的平装本,与莎士比亚去世后付梓的大开的对开本截然相反,后者是演员们为了悼念莎士比亚而出版的完整的戏剧作品合集。这个四开本是根据作者的演出手稿编排的——这个手稿有时被称为"草稿"——里面有一套演员名单,莎士比亚在创作过程中为他们分配了角色。尤其值得注意的是威尔·肯普扮演的角色道博雷:那位负责追捕坏人的笨手笨脚、好说错话的警官(他称坏人为"用心良苦的家伙"),他让希罗蒙受了不白之冤。好说错话、用词荒唐,一直是莎士比亚为这个演员量身定做的主要内容。道博雷一提到恶棍,就说"你就等着被千锤百炼吧"(第四幕,第二场,53—54行),正如肯普以前在《仲夏夜之梦》中扮演波顿,盛赞"花儿吐露的粪房"(第三幕,第一场,76 行)。肯普(见图 1)身材高大,善于自嘲和扮演小丑,他最适合扮演这样一位说话颠三倒四、好心肠的傻瓜蛋。

　　作为演员,阿明(见图 6)与肯普大相径庭,自从出演《皆大欢喜》之后,他给了莎士比亚创作一系列高级骗子形象的机会,他经常身穿彩衣,被称为"傻子"而非"小

THE
History of the two Maids of More-clacke,

VVith the life and simple maner of IOHN
in the Hospitall.

Played by the Children of the Kings
Maiesties Reuels.

VVritten by ROBERT ARMIN, seruant to the Kings
most excellent Maiestie.

LONDON,
Printed by *N.O.* for *Thomas Archer*, and is to be sold at his
shop in Popes-head Pallace, 1 6 0 9.

图 6.　罗伯特·阿明，来自阿明演出的戏剧《摩尔克拉克的两少女》（1609）
的卷首插图，现藏于亨廷顿图书馆

丑"。肯普愿意既让观众嘲笑**自己**,也同观众一道嘲笑**他人**,
阿明则是一位更为自觉的喜剧演员,他经常声称自己的俏
皮话中包含着道德目的。他为剧团扮演的第一个角色是试
金石,当时就已经显示出这部新剧辛辣的一面。正如杰奎
思对这个人物的评论:"我还需要自由,/像风一般无拘无
束的特权,/爱刮谁就刮谁,像傻子那样……清除这病态
世界里面的污秽"(第二幕,第七场,47—49行,60行)。
试金石也好,阿明也好,到底是谁严肃地看待这个道德
角色,这个问题没有结论,但无论如何他们肯定宣称是
自己。

阿明的诙谐还有一个显著特点,那就是坦然承认自己
的宫廷气派,这与小丑的乡村诙谐截然相反。试金石在剧
中是混迹于宫廷中的弄臣。正是这一点让他得以嘲讽宫廷,
例如,他大谈特谈精心准备七个"谎言的等级"的惯例(第
五幕,第四场,86—87行)。试金石与乡下小丑威廉的争斗,
尤其明显地显示出这出剧与早期莎剧形成鲜明对比,"威
廉"这个名字(译按:暗指威尔·肯普)在一定程度上就
是关于莎士比亚早期喜剧主角的一个内部笑话。试金石一
见到威廉就说起了自己的聪明伶俐:

　　试金石：我看到乡巴佬就像看到酒和肉。老实说，咱们

　　　　这些聪明伶俐的都做了坏榜样。咱们爱取笑别人，

　　　　憋不住嘛。（第五幕，第一场，10—12行）

　　威廉自认为"有几分聪明"，但远不及试金石，弄臣对对手的"取笑"是演讲术的胜利。与结结巴巴的威尔·肯普相反，阿明／试金石利用"修辞学上的比方"嘲弄了威廉，炫耀自己掌握拉丁文和华丽的辞藻。

　　试金石：所以呢，您这位乡巴佬得弃绝——用白话讲，

　　　　就是"离开"——这位女性——用普通话讲，就是

　　　　"女人"——的社交圈——用粗话讲，就是"在一起"。

　　　　合起来就是：弃绝这位女性的社交圈。否则啊，土

　　　　包子，你会毁灭。你要是听不懂，意思就是你死定

　　　　了。（第五幕，第一场，46—50行）

　　这是对肯普的传统最为明显的机敏回复，也是最为明显地在宣扬一种新型的、词采丰赡的诙谐。

　　阿明本人是多产作家，喜欢词语创新、荒诞元素，也

喜欢开恶劣的玩笑羞辱他人。在这方面，威廉在诙谐比赛中甘拜下风，只好谦卑地说声"祝你快乐"，便打退堂鼓了。阿明后来扮演的弄臣有《特洛伊罗斯与克瑞西达》中的忒耳西忒斯、《终成眷属》中的拉瓦契，他们都是更为锋芒毕露的人，因此更能体现阿明的小册子的精神：他们说话挑逗他们的对话者或怒叱他们的愚行，使得诸如帕洛这样的自负的吹牛者可怕地暴露出本色。不过，在阿明耍弄的人物中，给人留下最深刻印象的便是马伏里奥，此人是《第十二夜》中奥丽维亚的"清教徒"管家。这也是一位自视颇高的人物，后来被弄得灰头土脸、颜面尽失。

一连好几封伪造的书信（类似于《无事生非》中让贝特丽丝和培尼狄克上当的诡计），让马伏里奥误以为宅中的女主人暗恋自己，结果他因此而做出种种令人匪夷所思的举动。最后，他被当作精神病人锁在了一间黑屋子里，就是在这个地方，他被费斯特给完全控制住了，后者是阿明最初扮演的角色。作为一名有权监管所谓疯子的傻子，费斯特能够向他的受害者灌输大量似非而是的东西，他提出了许多没有合理答案的问题，例如："你真的没疯？还是你只是装疯？"当马伏里奥坚持说"我心智正常，傻子，和你一样"，费斯特扭转了形势，坚持说"真的一样？那你真的疯了，若你的心智并不比一个傻子强"（第四幕，第二场，90—92行）。或许让马伏里奥更为抓狂的是，费斯特一个劲儿地胡说八道，例如，当他否定监狱光线黑暗时，他说"它的凸窗像屏障一样透明"，以及"朝南北的天窗如乌木般光亮"（第四幕，第二场，37—39行）。显而易见，无论是凸窗，还是乌木，都不是透明的，另外，也不存在南北这样的方向。到了最后，马伏里奥让这顿羞辱弄得差点发疯；诙谐的攻击毁了他，结果他被奥丽维亚称为"可怜的呆瓜"，并且发誓要"报复你们所有人"（第五幕，第一场，374行）。

在阿明看来，诙谐总是和愚行或疯狂并行不悖的。他最成功的著作《傻子成串》（1600），描写了六个"傻子"的生平，其中至少一个当时还活着，并"为人熟知"。他搜集了有关他们行为的遗闻轶事：他们所承受的可怕惩罚，以及他们取得的凌驾于凡俗世界之上的种种胜利。这样一来，自从阿明加入剧团之后，莎剧中的诙谐就稍有别于前十年的莎剧创作了。它变得益发狂放不羁，越来越缺少端庄稳重，对于它讽刺的对象来说，它变得越来越有杀伤力。

不同于"世界",莎士比亚的"诙谐"很难和 21 世纪的成规相调和：它似乎牵强、晦涩和造作；与它联系在一起的种种成见唯愿已经成为明日黄花；它暗含的那种残酷性，在当代流行喜剧中是极少见的。不过，莎士比亚的诙谐的难度也是他创作的一个隐蔽源泉。回归它原初的语境能够复兴和改造外表看来十分熟悉和妥当的戏剧。

第三章

爱　情

追女人

　　残酷的诙谐让莎士比亚的喜剧多了一些苦涩，但这种苦涩在整体上被剧中甜蜜的因素——走向爱情的叙事驱动力——给对冲掉了。有一种简单的办法可将喜剧与其他体裁区分开来，那就是找出那些以婚姻或光明前景为结尾的作品：由于这个原因，对开本上罗列的喜剧以及其他几部候补"喜剧"作品，都算作喜剧。有的时候，婚姻是故事的终点，一派喜气祥和；那些婚姻早早出现或前景不明的喜剧——《终成眷属》《爱的徒劳》和《一报还一报》——其基调不出意料地要阴郁许多。这一切似乎显而易见。然而爱情与婚姻携手并肩，并不是像老歌里所唱的那样，是喜剧不证自明的组成部分。

　　普劳图斯和泰伦提乌斯的古典新喜剧是莎士比亚念书期间读过的，它们当然通常以追逐女性为故事的核心。正如我在绪论中指出的那样，这些戏剧在构建巧妙情节的时候，依据的是一套固定不变的人物形象：青年男子（*adulescens*）、老头子（*senex*）、中意的青年女子（*virgo*）、交际花（*meretrix*）和狡猾的仆人（*servus callidus*），他们是这一大群人物中最重要的五个。标准的模板是这样的：某个青年男子相中了某个姑娘（或交际花），而老头子从中作梗，但某个狡猾的仆人巧施妙计，让年轻人最终如愿以偿。普劳图斯的戏剧《商人》就是一个基本例证。商人之子查里努斯情欲难遏，爱上了一名女奴，买下了她，带回雅典。结果，查里努斯的父亲德米福见到了这个女子后色心大动，追问她的来历。查里努斯的奴隶为了挽救主人的脸面，就说这女孩子是儿子给母亲买来的礼物，老头子于是有了理由向她求欢。这中间经历了几场乱局，其中包括父子两人争相讨好这个女奴，最后，查里努斯与他的女奴情妇重新结合。在这部剧中，没有出现姑娘（帕希卡姆萨性经验丰富，显然惯于卖弄风情），但这样的人物即便确实存在于故事当中，也极少出现在舞台上。

文艺复兴时代的欧洲观众要求女性在戏剧情节中发挥更大的作用。诸如《商人》这样的戏剧在学校广为人知，并且在那里演出，但是，古典时代的奴隶制以及那个时代人们对性事普遍持有的冷峻态度，不可能一股脑儿地搬上民间舞台。因此，各种各样的意大利喜剧（*comedia*）将奴隶变成了仆人，并把基督教婚姻（或者至少是浪漫爱情）当作混乱不堪和两面派做法的背景，同时保留了老头子与年轻人斗法的基本结构。由多位作者创作的戏剧《受骗者》就成了众人模仿的对象，它在首演的那一年（1532）把背景设在了摩德纳。其核心情节是一位贞淑的年轻女性莱伊拉爱上了青年男子弗拉米尼奥，有个老头子成为阻碍他们幸福的绊脚石——莱伊拉的父亲想让她嫁给这个名叫盖拉尔多的老头子。这中间还穿插了弗拉米尼奥热恋她的情敌伊莎贝拉这样的障碍。在种种不利的情况下，她打扮成一个男听差，用这个办法最终得到了自己追求的婚姻。

《受骗者》显然比《商人》更为接近莎士比亚的喜剧：它对《第十二夜》的影响是显而易见的，它还很有可能影响到了《维洛那二绅士》和《皆大欢喜》中其他女扮男装的情节。不过，这里的情节概况可能会让人产生误解，因为《受骗者》的主题实际上与爱情无关。除了莱伊拉和弗拉米尼奥之外（两人各自的痴心迷恋是不容置疑的，虽说这也是固定套路），剧中其他人物都是为自己的利益服务的：莱伊拉的父亲想卖掉自己的女儿；盖拉尔多是个白胡子老色鬼；伊莎贝拉放荡不贞；还有其他各种淫荡的仆妇和一位喜欢吹牛的军人（*miles gloriosus*）卷入其中。即便是弗拉米尼奥，当他将爱情的目标由伊莎贝拉转向莱伊拉的身上时，他对莱伊拉几乎没有表现出什么激情，就在他们结婚之前（当时他还以为她是男听差），他发誓要抓住这"少年"，"割下他的嘴唇和耳朵，挖出他的一只眼睛"，准备送给他失去的女人。这就是意大利城市的严酷的、商业性的世界，在那里，少女是最合格的豪侠之士的奖品。

在莎士比亚时代创作的许多英国戏剧也有《受骗者》的基调。威廉·霍顿（William Haughton）创作的《求我钱财的英格兰人》——于1598年在玫瑰剧院上演，就是一个很好的例证，同年上演的查普曼的《群愚》也是如此。这些戏剧均有爱情的旨趣，但实际上它们讲的不是爱情关系，它们的主要目标是表现智慧如何战胜挡道的老头子或贪财老父（*pantaloon*）。它们用闹剧式行动和对情感的漠视预示了复辟时代的喜剧世界。莎士比亚的戏剧也如此表现了一些一贫如洗的年轻人，他们为了金钱而结婚，为了战胜有钱的老父亲而结婚：《驯悍记》和《威尼斯商人》就是这类戏剧的典范。这两部戏剧分别具有厌女性质和反犹性质，与《受骗者》《求我钱财的英格兰人》和《群愚》一样，它们也有物质主义的精神特质。然而，莎士比亚的许多喜剧试图给人以完全不同的印象，即便在《威尼斯商人》当中，也有一种浪漫关系属性，使之不至于直截了当地叙述年轻人如何获取老辈人的财富。

莎士比亚喜剧讲的都是男追女或女追男的故事，但它们也讲爱情故事，促成这个特点的一个要素是十四行诗。一位又一位恋人书写了不可救药的例证：《爱的徒劳》中的俾隆；《无事生非》中的培尼狄克；还有《皆大欢喜》中的奥兰多，这里仅举数例。这些人都不是紧盯着目标不放的冒险家，也不是经验丰富的豪侠，而是愚蠢透顶、沉迷热恋的傻瓜蛋。爱情像丘比特的箭一样射中了他们（在《仲夏夜之梦》中，帕克给受害人下的催情药，确确实实就是这个样子）。比莎士比亚早几年创作的黎里，也写过那种突然因为爱情而疯狂的桥段；黎里对莎士比亚产生了很大的影响。然而，在黎里笔下的古典的爱情变形力量之外，莎士比亚又添了新的东西：中世纪骑士与贵妇的传统，典雅爱情的传统，这也是对十四行诗的一种影响。在《皆大欢喜》中，奥兰多迷恋罗瑟琳就源于此。这其中一个来源便是《疯狂的罗兰》，这部意大利传奇史诗的主人公就是害了相思病的人。

如此丰富的影响来源混在一起产生了某种新的东西：我们今天所说的浪漫喜剧。这种喜剧形式的关键部分是，描写热恋中人不知为何搞错恋爱对象，但他们还没有错到让人十分鄙视的地步。在《皆大欢喜》的结尾处，我们看到那些恋人们汇聚一堂，完美地概括了这样一种情形；观众很清楚这样一种安排将会有个愉快的收尾。西莉娅已经答应嫁给奥列佛了，不难想象，现在心不甘、情不愿的菲苾一定会接受西尔维斯，只要罗瑟琳脱掉身上的男儿装，奥兰多一定会娶她：

菲苾：好牧哥，告诉这小伙子什么叫恋爱。

西尔维斯：恋爱就是成天叹气流泪，

像我对菲苾这样。

菲苾：像我对甘尼米。

奥兰多：像我对罗瑟琳。

罗瑟琳：而我不会对女人这样。（第五幕，第二场，78—

83 行）

西尔维斯逐条罗列的那些爱情的标志——"恋爱就是
诚心愿意伺候对方"；"恋爱就是满脑子的幻想，/ 全然的
热情，全心的渴望，/ 唯有崇拜、义务、服从，/ 唯有谦卑，
唯有耐心与难耐，/ 唯有纯洁，唯有考验，唯有尊重"——
同样被其他恋人感受到，他们都满怀真诚地为这些陈词滥
调背书。与同时代人不同的是，莎士比亚并没有责难或从
社会角度嘲讽这种情形。荒唐至极的是，奥列佛居然被爱
情冲昏了头脑，放弃了他继承的全部遗产，发誓从这一刻
起要和弗莱德里克公爵的女儿生活在森林里，甘当牧羊人。
这种提议的可行性是无法想象的：它们与古典喜剧的规则
截然相反；在古典喜剧中，追到了姑娘就等于拿到了金钱。
在舞台上，观众不大可能留意奥列佛说的这样的话："因
为爸爸的房子和他身为爵士的岁收，我都转赠给您；我这

辈子就待在这里当个牧羊人"（第五幕，第二场，10—12行）。把这样的话放在这里，就是为了给概括的、正面的对疯狂之恋的描写添加地方特色而已。这种抒情性的、多愁善感的气氛音乐不是文艺复兴喜剧总体趋向的特点，但是，21世纪的读者将从所谓的"年轻女性影片"和情人节卡片中了解它。

如果说，莎士比亚对诙谐的处理不如我们期待的那么现代，那么，他对爱情的处理正好相反。从古典时代以来，让好几对恋人汇聚一堂，一直是喜剧情节设计的主要成分，在意大利文艺复兴时期的戏剧中，恋人们（*innamorati*）始终处于戏剧的核心。不过，就总体而言，这类作品中的爱情不大涉及真正的互动，往往令人感到矫揉造作；事实上，大部分古典戏剧并不在舞台上表现年届婚龄的少女。在莎士比亚的英国同时代人当中，这些戏剧成规也占据了主导地位，但是，在莎士比亚的作品中，尤其在他的中期作品中，我们却看到了某些不同的东西：持久不衰的双向求婚，在这个过程中，女性的感情得到了认真对待，虽说不可避免地会发生荒唐可笑的混乱局面。这种乱糟糟的求婚局面是浪漫喜剧的核心内容，可以说，这种现代文学体裁就是莎士比亚发明的。

情况复杂

　　莎士比亚做了一件事来给他的戏剧松绑，那就是，他拆除了通常在古典喜剧中替"从中作梗的"人物服务的那些界线。正如我在论"世界"那一章中所评论的那样，事实上，那些喜剧极少以森林为背景，但是，没有了监控严密的建筑物（特定的房间、可以上锁的门或具体背景），就意味着人物能够自主，不受各种影响因素的控制，无论是父亲的影响、公爵的影响，还是王室的影响。正如儿童小说的爱好者将会看到的那样，若想让历险成功，首先得让父母出局。这就是罗瑟琳、薇奥拉、海伦、贝特丽丝、鲍西娅，甚至还有伊莎贝拉（《一报还一报》中的人物）早先做到的。当莎士比亚在创作后期转向传奇剧创作（例如《泰尔亲王佩里克利斯》《冬天的故事》以及《暴风雨》）而不再创作简单的喜剧之时，其中一种变化就是，莽撞的父亲在事件中变得越来越突出，并且改变了作品的基调。

　　如果不存在从中作梗的人物这个问题，好戏从何而来？这个问题的答案就是莎士比亚的一个重大创新：浪漫关系问题。在《第十二夜》中，奥西诺爱上了奥丽维亚，但后者为了悼念自己的兄长而拒绝了他的示好。薇奥拉爱上了奥西诺，结果却被奥西诺派作信使去见奥丽维亚，奥丽维亚以为薇奥拉是少年，竟然爱上了薇奥拉（虽说她先前已决定终身不嫁，过孤寂的沉思冥想的生活）。与此同时，托比爵士一边与机智的玛利娅调情——后者的社会地位低于他，一边鼓励安德鲁爵士追求奥丽维亚——后者是女公爵，和他完全是两类人。除了这些人之外，还有薇奥拉的孪生兄长西巴斯辛，他也爱上了奥丽维亚，情节就这么展开了。这不仅是，甚至主要不是身份混淆的问题；尽管最后一刻出现了歇斯底里的场面，《第十二夜》并不是一出闹剧（这首先是因为，它的布局一直是分散的）。

在这部剧中，推动情节发展的是情感冲突。在很早的时候，薇奥拉就已经意识到了关键人物的情感，她收到奥丽维亚赠送的礼物戒指之后，把它们扔在了地上，开始独白：

接下来会怎样？我的主人爱她如命，

而我，可怜的怪物，对主人一往情深。

而她，错认人，似乎爱上了我。

这一切该怎么办？（第二幕，第一场，33—36 行）

在全剧中，薇奥拉始终是这类分裂忠诚的评论者；在一系列较长的场景中，她与奥西诺和奥丽维亚对谈，针对这三位表面上得不到回应的恋人们的情感，她进行了傲慢无礼但颇有同情心的评论。她倾听奥丽维亚倾诉恋情，说道："我可怜您"；话音未落，奥丽维亚就接上了茬："下一步就是爱"（第三幕，第一场，123 行）。正如莎士比亚的其他喜剧一样，通过这类互动，同性色情冲动被鼓动起来。诗人不断地扩大潜在的吸引力的范围。即便是头脑愚蠢、身体笨拙的安德鲁·艾古契克爵士，当他告诉观众"我以前也有人爱慕"（第二幕，第三场，175 行）时，也有感人至深的浪漫怀旧时刻。

将这样的地方与莎剧题材来源的相对应之处进行一番比较还是有教益的，因为它可以揭示出弱化和扩展过程，这个过程有助于赋予戏剧以情感关系为中心的思想特质。正如上文所指出的那样，女人装扮成男听差，受主人雇佣

去追求某位女士，而这位女士实际上是她的情敌，这样的
情节早在莎士比亚之前就已经出现了。在《受骗者》当中，
弗拉尼米奥发现伊莎贝拉爱上了他派过去当信使的那位女
扮男装的听差，便发出令人毛骨悚然的毒誓："割下他的
嘴唇和耳朵，挖出他的一只眼睛。"这个威胁的成分依旧
保留在《第十二夜》当中，这是该剧让人反感的内容，但
莎士比亚的表现方式完全不同于原剧。在《受骗者》当中，
发出这个暴力毒誓的时候，无论是伊莎贝拉，还是莱伊
拉，都不在场：它就是一种意图的直接表达。然而，在《第
十二夜》当中，奥西诺可是在大庭广众之下发出同样类型
的威胁的，薇奥拉和奥丽维亚（莱伊拉和伊莎贝拉的对应
人物）也参与了对话：

奥西诺［对奥丽维亚］：*愿你永远做一个铁石心肠的*
暴君。
但这个年轻人，我知道他是你的爱，
对天发誓，我也非常喜爱，
我要让他远离那残忍的眼睛，
在那里他称王而他主人却招恨。

　　　　〔对薇奥拉〕来，孩子，跟着我。我已想好怎样出气，

　　　　我将牺牲这只我深爱的小羔羊，

　　　　去折磨鸽子肚里的乌鸦心肠。

薇奥拉：我很高兴、乐意，也心甘情愿，

　　　　只要您能消气，我死一千次也不遗憾。〔跟着奥
　　　　西诺〕

奥维丽亚：西萨里奥要去哪里？

薇奥拉：跟他走，我爱他

　　　　胜过我爱我的眼睛，胜过生命。（第五幕，第一场，
　　　　122—133 行）

　　莎剧题材来源《受骗者》中关于挖眼睛的威胁，依然若有若无地出现在《第十二夜》当中，尽管它没有被明确地表达出来。奥西诺说"让他远离那残忍的眼睛"（非常接近弗拉米尼奥的原话），只是隐喻性的：暴力威胁依旧是很严肃的，事实上，由于《圣经》中的羔羊典故——亚伯拉罕杀死儿子以撒当作祭品献给上帝——发出的弦外之音，它变得更加严肃了。然而，莎士比亚作品中的基调是完全不同的。《受骗者》当中的那种大男子主义愤怒变成

了精神性和个人性的愤怒。更为重要的是，在莎剧中，怒火冲天的时刻同时也是凸显爱情的时刻。正如在喜剧中的其他关键时刻（例如贝特丽丝坦承自己爱上了培尼狄克并且立即请求他"杀死克劳狄奥"），剧作家喜欢操弄复杂情感。当奥西诺从试探性和委婉的"我也非常喜爱"转向直白的"我深爱的"，他本人发现了自己的隐秘情感。莎士比亚对这些时刻的语气拿捏得十分到位。love/dove 这个韵律，在这段素体诗中显得非常突兀，它是陈腐老套的十四行诗成规中的材料，但是，作者将它放在这样一个令人惊恐的语境下，从而赋予了它一种特殊的力量。薇奥拉的回应是，她承认自己爱他，令人感到不可思议的是，她是通过表达宁愿一死来承认的。

到了这个时候，奥西诺依旧爱奥丽维亚吗？此时此刻，他是如何看待自己爱上一个青年男子的？莎士比亚的喜剧能够激发人们提出这样的问题，这让莎士比亚有别于他的同时代人，他的同时代人的戏剧在勾画情感氛围的时候，线条是非常清晰的。所谓"问题喜剧"，无论我们怎样界定它们，都会引起更多的思考。《终成眷属》中的海伦真的会原谅勃特拉姆吗？这位贵族花花公子能够学会爱上一个改邪归正的女孩吗？在《一报还一报》的结尾，伊莎贝拉会接受公爵的求婚吗？在同一部剧中，玛丽安娜与安吉鲁的婚配可信吗？莎士比亚时代的婚姻风俗和社会道德不同于当今，所以，我们对这类问题的回答注定会出现年代误植。即便如此，能够提出这些问题也是有意义的。这一事实将莎士比亚与 20 世纪的经典浪漫喜剧——例如《当哈里遇到莎莉》，这部影片的推广语是："男人和女人能够成为朋友吗？还是有性问题充当拦路虎？"——联系起来。争吵的夫妇、俏皮话还有引发哲理思考的桥段，伍迪·艾伦（Woody Allen）电影中的这些东西同样可以在莎士比亚的喜剧中找到对应物。一旦最后一幕的誓言得以实现，《无事生非》可被称作"三个婚礼和一个葬礼"。这一切证明，莎士比亚喜剧的一个特点进入了现代电影当中。然而，二者之间的这种关联还往前走了一步，有些电影制作人直接到莎士比亚那里去寻找题材。

根据莎剧情节改编的电影

将莎士比亚的喜剧直接拍成电影，成功的例子比较

罕见，部分原因在于，充斥着漫画式行动和精心设计的对
话的舞台世界，很难放到一个真实的环境中，电影院的票
房收入不可避免地证明了这一点。不过，莎士比亚喜剧中
的**故事**，由于涉及情感关系，却更加容易搬上银幕。根据
莎翁喜剧改编的电影成功之作甚多。最新的例证包括：根
据《驯悍记》所改编的《我恨你的十件事》（1999）；根据
《第十二夜》改编的《足球尤物》（2006）；改编自《仲夏
夜之梦》的《失恋大不同》（2001）和《如果世界是我的》
（2008）。这四部电影的背景——至少是主要背景——都设
在了美国的高中：这样的地方有大量的中立空间、大量的
年轻人，以及一系列即便地位受到挑战也不至于造成无政
府状态的权威人物。（作为想象空间的）美国中学与莎士
比亚的喜剧世界有着惊人的相似之处。不过，还有一点值
得注意，在关键问题上，好莱坞的立场与莎士比亚截然
相反。

在《我恨你的十件事》中，茱莉娅·斯泰尔斯（Julia
Stiles）扮演凯特。这位思想独立、酷爱垃圾摇滚风格的
女性主义少女，就读于一所富裕的西海岸日校。这个地
方的氛围颇具预备学校风范（校园中甚至还有一家未来

的 MBA 俱乐部）。凯特的妹妹比恩卡由拉里莎·奥利尼克（Larisa Oleynik）扮演，她是这里的宠儿：漂亮、纯洁，喜欢高档服装。当然凯特也很漂亮，但她看不起周围人：与主流的崇尚学校运动明星的文化相反，她喜欢西尔维娅·普拉斯（Sylvia Plath），正准备就读左翼的莎拉劳伦斯学院。不难看出，这个环境与莎剧中贪财好货的帕多瓦世界有许多联系。在莎剧中，只有凯瑟琳[1]抵制了关于女性和求婚的成规，她咄咄逼人的姿态吓坏了所有人（尤其是她的妹妹）。在电影中，约瑟夫·戈登-莱维特（Joseph Gordon-Levitt）扮演"帕多瓦高中"新来的一位学生，他一到这里就爱上了比恩卡。然而，与《驯悍记》中的路森修相似，他面临一个难题：比恩卡的父亲不许她与人约会，除非她"泼妇似的"姐姐也找到男友。这个问题的解决方式显然与莎士比亚的喜剧如出一辙。戈登-莱维特与另一位追求者决定雇一位心甘情愿的第三方（希斯·莱杰[Heath Ledger]扮演电影中对应无畏的彼特鲁乔的人物），去追求凯特/凯瑟琳，而这两人则各显其能，争相赢得比

1　即凯瑟丽娜。

恩卡的芳心。

到此为止，一切都太相似了，那么，这部电影和莎剧有什么不同呢？看过莎剧的观众可能记得一件重要的事情，那就是，彼特鲁乔是用野蛮的手段"驯化"凯瑟琳的：不给她吃饭，不给她穿衣，一个劲儿地让她奴颜婢膝地接受自己的权威，不管他的命令有多么的荒唐。即便按照 16 世纪的标准，这种对待妻子的方式也是骇人听闻的，这部剧结尾时推崇的妻子顺从的典范，无论在当时，还是于现在，几乎同样是疯狂的。实际上，莎士比亚的同时代人约翰·弗莱彻还写过一个续篇，题目就叫做《驯人者反遭驯服》（1610），在这部剧中，彼特鲁乔得到了应有的报应。毫不令人感到奇怪的是，鉴于这部电影针对的观众是现代少男和少女，因此，《我恨你的十件事》中没有出现驯服情节。凯特变得更加亲切了，但这主要是因为，她意识到自己伤害了比恩卡，比恩卡也变得更加温和了，对个人的魅力也不那么自负了。

如果说在《我恨你的十件事》中有什么东西被驯服的话，那就是男人的逞能心理。虚荣势力的 MBA 帮遭到羞辱；比恩卡的另一位追求者（相当于莎剧中的霍坦西

奥）——男性自负虚荣的典型，被揭穿了老底，并且一再
遭到猛烈抨击；最主要的是，希斯·莱杰扮演的人物（现
代彼特鲁乔）治好了自己的反社会行为，他还认识到，私
下收钱约会是一件可怕的事情。女性用肢体威胁男性造成
的温和风险（这所高中的一位老师所说的被"婊子扇耳
光"）是可以接受的；而它的反面（男性用体力欺负女性）
则不可接受。在这方面，科尔·波特（Cole Porter）的音
乐剧《吻我，凯特》（也改编自《驯悍记》）代表了父权制
驯化的一半进程。在这部剧中有一对欢喜冤家，丈夫弗雷
德对妻子莉莉动了粗，因为后者没完没了地打他，最后妻
子被扛起带走，过程中她还用拳头捶打丈夫的肩膀（这场
冲突被淡化为情人之间的口角之争，这一点是 20 世纪 40
年代的观众可以接受的）。然而，在《我恨你的十件事》
当中，有关男性控制女性的全部叙事都被抛弃了。

如果说《我恨你的十件事》颠倒了莎翁原作中的精
神特质（也包括它对金钱的再现），安迪·费克曼（Andy
Fickman）的《足球尤物》（见图 7）则难以判定。与它的
原型《第十二夜》一样，这部电影讲的也是一个女孩乔装
打扮成男孩子的故事。影片的背景放在了一个名字叫做伊

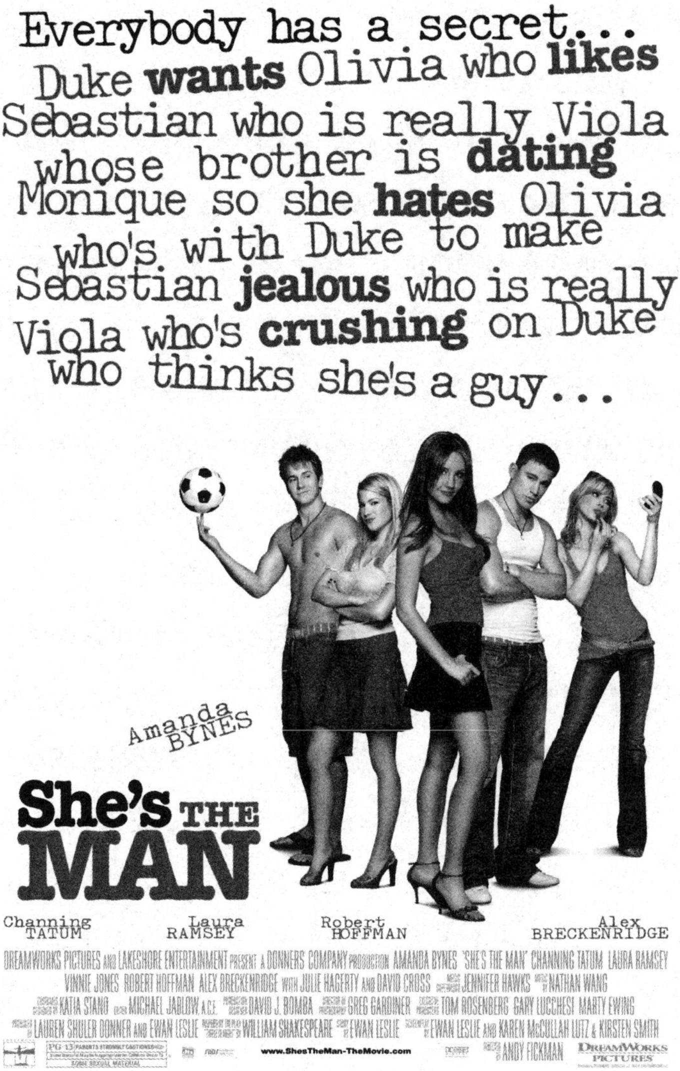

图 7. 《足球尤物》(2006)宣传海报，梦工厂出品

利里亚的寄宿学校，薇奥拉女扮男装，假冒她哥哥西巴斯辛，混进了这个由清一色的男性组成的足球队。到了这里之后，她爱上了球队的队长，此人名字叫杜克[1]·奥西诺，这就不可避免地引发了性别混乱（尤其当西巴斯辛和奥西诺心仪的人奥丽维亚进入情节之后）。这个情节安排精彩地复制了莎剧中的情形："复杂的"情感关系产生的纠葛（电影宣传海报特意突出了这一点）证明，《第十二夜》包含了很多我们可以称之为"现代爱情"的东西。然而，如果我们考察得更仔细的话，还有一些重大差别，再次暴露出伊丽莎白时代的情感与今人情感之间的距离。

首先，《足球尤物》去除了年龄差别，而年龄差别对于莎翁原作是很重要的。莎剧中的公爵是成年人，薇奥拉打扮成十多岁的少年（或者根据原计划，干脆打扮成小太监），但是，在费克曼的影片中，这个差异被抹平了：两人是同龄室友。显而易见，现代导演这么做是有原因的：一个大男人让一个男孩当求爱信使，本来就让人怀疑他的性取向，如果再暗示说这个男子本人爱上了这个男孩，那

---

1 杜克意即"公爵"。

就更让人怀疑了。

这种差异马上使人产生疑问：近代观众会如何看待薇奥拉-奥西诺之间的情感？他们不会感到尴尬吗？常见的说法是，由于少年演员总在莎士比亚的剧院中扮演女孩，文艺复兴时代的观众看不到这些问题，但事实不一定如此。显然，光顾环球剧院的观众是熟悉那些具有"女性"美的年轻人的，但这并不意味着他们干脆"忘记了"他们是少年。当年有许多笑话与这类演员的性魅力有关，当奥西诺称赞少年薇奥拉的嘴唇"柔滑红润"，描述他/她的"脆生生的小喉管""处女般尖细清亮"，他在有意利用青春期之前男性身上的女性特征（第一幕，第四场，32—33行）。比起同时代的其他大多数戏剧家，莎士比亚在利用这类影射的手法时还是很克制的，虽说如此，但他的描写依然有可能让现代观众心烦意乱，尤其是在诸如电影这样一种写实性的媒体中。

所以说，《足球尤物》中砍掉的一个东西是莎士比亚对年龄差距的描写；还有一件东西也被砍掉了，那就是莎士比亚对阶级的描写。《第十二夜》的次要情节中有羞辱马伏里奥的内容，此人是管家，可他竟然不顾身份，斥责身份比他高的人（例如托比爵士），他还癞蛤蟆想吃天鹅肉，居然大胆地追求起女主人奥丽维亚女公爵。在莎士比亚时代，跨越阶级界线的爱情，尤其是下层阶级男性对上层阶级女性的欲望，是极具争议性的。有关马伏里奥的情节取得了良好的戏剧效果：这位暴发户式的仆人是个笑料十足的人物，他竟然痴心妄想，以为女主人爱上了自己，他穿上了"交叉绑袜带"以便吸引她的注意力，他想象着自己如何仗势奚落她的亲属们。马伏里奥后来被当作疯子给关了起来，这种处理方式确实有些残忍，但剧院观众仍然能够接受。不过，很难把这样一个人物放到电影中，因为让诸如托比爵士这样的贵族去羞辱一个普通劳动者，在现代，那可是禁忌。《足球尤物》的导演再次作了聪明的选择。马尔科姆（电影版的马伏里奥）是对原作的严重稀释：他与下层阶级无关，他只是受到了温和的羞辱，没有故意设置把他打倒的情节。

　　如此说来，《足球尤物》向我们展示的是，人们今天的态度变得更加开明了？只是在一定程度上更加开明而已。人们很容易想当然地认为，现代人的性别观念更加自由开明，但是，在某些方面，比起莎士比亚时代，我们对于男性与女性之间差异的态度更加绝对化。在 17 世纪之初，小男孩和小女孩被认为是非常相似的：在三或四岁之前，他们的穿衣打扮都是一样的，他们的体格也被认为是相似的。亨利·卡夫（Henry Cuff）在《男性生活时代的差异》（1607）中的说法是非常典型的，他说，男孩和女孩的真正区分出现在九岁左右，此后鸿沟逐渐扩大。然而，今天人们的期待是，男孩子老早就是男孩子（他应该身穿蓝色而非粉色衣服，由此即能反映出这种差异），这是新发展的现象。关于男女两性绝对差异的这种臆测，在电影《足球尤物》中体现得非常强烈。为了乔装打扮成男性，电影中的薇奥拉要表现得足智多谋：走起路来"昂首阔步"；有一连串的少年式带有挑衅味道的幽默；更为重要的是，与异性有大量交往。这种情况与莎士比亚原作大不相同，剧中女扮男装是很正常的事情。电影与戏剧之间的差距显示出现代人思维的本质主义属性。今天去电影院的观众，不像莎剧时代的戏剧观众，他们对于男孩与女孩高度相似是很不安的。

然而，我们不应该自欺欺人地认为，莎士比亚的态度明显带有进步性（说男孩子像女孩子，也可能是在暗示女

性像儿童，这种观念当然让奥西诺很受用）。在这些喜剧
当中，个人表现的自由要受到限制，这一点从最后一部莎
剧改编电影中可以看出来。2008 年出品的浪漫奇幻音乐
影片《如果世界是我的》深受《仲夏夜之梦》的启发，背
景主要设在一所学校。在莎剧当中，丘比特的催情药让提
泰妮娅爱上了一个笨手笨脚的家伙，使年轻的雅典人狄米
特律斯和拉山德爱上了同一个女孩子。然而，在古斯塔夫
森（Gustafson）的影片中，与此对应的魔法却在一个保
守的小城传播同性欲望，从而搅得这里人仰马翻。电影在
结束时提出了一个问题：将某一个性向强加给人们，这究
竟是对还是错。这样的问题是莎士比亚不可能从这样的角
度提出来的。在莎士比亚喜剧中当然也有暗示同性恋的地
方：例如，在《威尼斯商人》中，安东尼奥对巴萨尼奥的
爱恋，或者在《两贵亲》中，爱米丽娅对她的朋友弗莱维
娜难以忘怀的激情。然而，这都是暂时状态，它们不可避
免地被异性婚姻所取代。在这些喜剧中，同性恋身份绝对
不可能被当作一个永久性的性选择而加以突出强调。

　　如此说来，我们可以说，莎士比亚喜剧中的爱情比人
们期待的更有现代气息，但我们还得承认，比起人们对它

的第一感觉，它更有**近代特色**。在这些戏剧中，性平等是
转瞬即逝和软弱无力的魔法，它总是在故事结束之际戛然
而止。到了这时候，即便是薇奥拉也得认真考虑"别的装
束（习惯）"——既包括行为习惯，也包括穿衣打扮的习
惯（第五幕，第一场，383 行）。

第四章

时　间

时间的统一

今天的观众很可能会认识到，"时间的统一"这个概念是亚里士多德（Aristotle）提出来的。亚里士多德在《诗学》中对比了悲剧与史诗，他说，前者"尽可能地限于太阳运行一个周期之内，不多也不少，而史诗则没有时间限制"。这种描述相当宽泛，实际上，对于喜剧，亚里士多德没有作出如此规定。虽然如此，但他为悲剧制定的这条绝无仅有的戒律却强烈影响了喜剧的构思。《诗学》是文艺复兴时代最后付梓的亚里士多德著作，直到 1548年，才由意大利学者弗朗切斯科·罗伯特洛（Francesco Robortello）出版第一部重要的评注本。不过，就是从那个时候开始，亚里士多德式的统一概念被用于喜剧当中。到了 1570 年，整个事情又往前迈了一步，就在这一年，另一位意大利人洛多维科·卡斯特尔韦特罗（Lodovico Castelvetro，可以说，是他创制了关于时间、地点和行动"统一"的规定）说，完美的喜剧应该把剧情限制在十二个小时之内。

　　莎士比亚是知识界中人，应该清楚这些规定，他也有可能知道多纳图斯针对喜剧的各个组成部分的时间分配和严格限制。根据多纳图斯的说法，一部出色的喜剧应该由四部分组成：开场诗、剧情说明、上升动作和灾难。开场诗就是"开场白"，一般用来描述背景和关键人物；剧情说明是"首次行动"，用来解释故事，虽说有些内容没有交代，以便引起悬念；"上升动作"这部分将故事的各个要素交织在一起，从而让故事变得更加复杂；最后是出现危机的"灾难"部分，情节冲突就是通过危机来解决的。卡斯特尔韦特罗与多纳图斯相结合，为一部毫无瑕疵的喜剧创作制定了公式。

　　在《错误的喜剧》（1594）中，莎士比亚表明，他已经学会了这些经验。这部早期作品很可能是在格雷律师学院首场演出的。对于这些律师观众来说，这部剧既有学术吸引力，也有喜剧吸引力。整部剧就像上了发条一样一丝不苟地按照规定时间演出。以弗所公爵的开场白是一个干净利落的引子。公爵宣判叙拉古商人伊勤死刑，因为他在两个城市交战之际非法进入以弗所。当伊勤回答说（话中带有戏剧性反讽），"我的痛苦就随夕阳坠落、完全停罢！"（第一幕，第一场，27行），时间、地点和行动的统一性立即确定下来了。公爵听了伊勤的幕后故事（他的两个双胞胎儿子和两名孪生奴隶失踪，以及寻儿未果），公爵再次宣布，"我给你一天期限"（第一幕，第一场，150行）。

当莎士比亚将剧情由说明推向上升动作的时候，这个活动时间表被突出强调。这样一来，到了第四幕的开端，我们听到有人说，到了"五点"，其中一位孪生兄弟应当交上一大笔钱，而此时他们还不知道自己的父亲已经深陷缧绁（第四幕，第一场，10行）。到了下一场，"钟又敲了一点"，从这个时候起，压力逐步加大，直到最后一幕的开端，"日晷已经指向五点"（第五幕，第一场，119行）。虽说时钟本身就是一种年代误植（它是中世纪的发明），但它发挥了一种地地道道的古典功能，将剧中人物带入了情节复杂的时间危机。

在《错误的喜剧》中，莎翁证明自己完全能够遵守时间、地点和行动统一的原则，他甚至还露了一手，在他取材的剧本普劳图斯的《孪生兄弟》的基础上，添加了一对长得一模一样的孪生兄弟，这个创作难度要比普劳图斯的原剧多上一倍。不过，取得了这个成绩之后，莎士比亚显然就不急于再次证明自己在这方面的能力了。一两年之后，在创作《仲夏夜之梦》之际，他的确祭出了三一律，但是，正如他剧中的其他事物一样，他的三条统一律却以令人匪夷所思、超现实的手法取代了古典艺术的标准特点。正如前文所指出的那样，这部剧的结尾出现了不可思议的时间倒转现象：16世纪的一群工匠居然在一位古希腊英雄人物（忒修斯）面前演出一个古典的故事（皮剌摩斯和提斯柏的故事），这个英雄人物的生存时代早在他们之前。在这部剧的核心时间表里，也出现了对古典的逆转精神：这个时间表可不是（按照戒律）从早到晚，而是从傍晚到破晓。我们的确看到了一种说明和上升动作，诸如帕克这样的人物在等待黎明的到来之时，的确感受到了时间的压力。然而，剧中的氛围与《错误的喜剧》正好相反：它是令人昏昏欲睡而非机械式的；剧中人物非但没有孤注一掷地持守自己的身份属性，反而轻松地从一种存在方式转换为另一种存在方式。到了第四幕结束之际，当黎明唤醒了恋人们之后，并没有出现古典式的灾难或揭晓；主要人物只是睡眼惺忪地返归先前的自我。

> **狄米特律斯**：有些东西好像细微得无法捉摸，
>   　　就像化入云雾的远山。
> **赫米娅**：我觉得我看东西时，双眼不能聚焦，
>   　　好像什么都有重影。[1]（第四幕，第一场，186—189行）

　　只有森林里的魔法开始消失，赫米娅才看清了事情的荒唐，在这之前，赫米娅认为一切都是顺理成章的，这是剧中梦幻者的典型特征。从接受到意识到混乱的这种情节发展，与人们从"正确的"古典戏剧中所期待的正相反。

　　在《错误的喜剧》之后，莎士比亚按照三一律创作，是为了揭露它们的荒谬性。例如，我们可以从《暴风雨》

1　本书中引用的该剧译文，均来自邵雪萍译《仲夏夜之梦》，外语教学与研究出版社，2016年。

（1611）中人物对戏剧演出时间的交代听出这个弦外之音：

普洛斯彼罗：现在什么时候了？

爱丽儿：　　　　　　　　　　过了正午。

普洛斯彼罗：至少两个沙漏钟。从现在到六点

这段时间我们必须珍惜使用。[1]（第一幕，第二场，

240—242 行）

从下午两点到晚上六点，正好是莎士比亚的环球剧院最大限度的演出时间，所以说，扮演普洛斯彼罗的演员说的是他在舞台上的演出时间。在理论上，"舞台时间"与"剧院的真实时间"准确对应，让剧情显得更为可信。但是，这里暴露出观众所见内容是经过巧妙设计的。《暴风雨》向观众展示了飞来飞去的精灵、人工的暴风雨、消失的宴会以及一个能够让人停止不动和说不出话的魔法师（在一定程度上代表了剧作家）。鉴于这部戏剧与莎士比亚其他晚期戏剧可以相提并论，例如《冬天的故事》和《泰尔亲

1　本书中引用的该剧译文，均来自彭镜禧译《暴风雨》，外语教学与研究出版社，2016 年。

王佩里克利斯》——这两部剧的行动跨越了数十年，故事
发生地相隔数百里，戏剧家在这里最为明显地表明，他试
图打破传统的时间限制。

思考时间

　　虽说《第十二夜》的标题中有时间，但它不像《仲夏
夜之梦》那样有简单明确的时间框架。即便如此，它与某
一天联系在一起。它在莎士比亚的全部作品中的独到之处
体现在，它指涉了日历上的具体时间：标志着圣诞节假期
结束的混乱不堪的那一天。《第十二夜》还有一个不同寻
常之处，它早先的两场演出留下了记录，这两场演出都是
在圣烛节那天举行的，传统上这是整个冬天最黑暗的夜晚，
人们从此开始盼望春天的到来。显然，这出戏的首批观众
认为，它适合在时节转变之际演出。他们的看法是正确的，
因为《第十二夜》与时间的复杂性大有关系。

　　正如这部戏最早的评论者（伦敦中殿律师学院的四年
级学生约翰·曼宁厄姆［John Manningham］，他在 1602
年 2 月 2 日晚间观看了《第十二夜》）所注意到的那样，

这部剧很像《错误的喜剧》或普劳图斯的《孪生兄弟》。与先前的那两部剧一样，《第十二夜》中也有一对让人无法分辨的双胞胎，他们带来了种种混乱。在理论上，它具备了古典喜剧中所有时间紧迫的情形：哄骗情节；激烈地争夺有钱的女继承人；钱财放错了地方；敌国来的公民被当局逮捕，急需钱财赎身。不同于《错误的喜剧》以及它的题材来源《孪生兄弟》，这部剧中交代的时间比较模糊，我们越是仔细地审视这个问题，《第十二夜》的时间就显得越混乱、越有弹性。

在这部剧开头的那几场，我们看到了貌似不必要的细节。富有的女继承人奥丽维亚许了一个荒唐的愿：太阳"亦不能瞧见她的全貌，/ 除非经过七个夏天"（第一幕，第一场，25—26 行）。我们从剧中得知，父兄去世，她正在守孝，父亲"是位伯爵，/ 大约一年前辞世"，兄长"新近也亡故了"（第一幕，第二场，32—33 行，35 行）。这些时间表对于喜剧允许容纳的程度来说是过于漫长的，但它们很快就被其他时间因素所补充。《第十二夜》中的人物不断地提到时间。例如，当我们首次见到薇奥拉在公爵手下效力的时候，她"才［认识他］三天"（第一幕，第四场，

3 行）。与此同时，当小丑费斯特首次上场的时候，"这么久找不到你，你还是会被绞杀"（第一幕，第五场，15 行）。薇奥拉的孪生哥哥西巴斯辛对人说，在他本人被人从大浪中救上来之前的"大约一个小时"，他妹妹已被淹死（第二幕，第一场，19 行）。

从表面上判断，《第十二夜》中的时间让人感到很具体。不过，西巴斯辛与薇奥拉的日程表很快就分道扬镳了。与他妹妹一样，西巴斯辛立即动身前往奥西诺公爵的宫廷。不过，当他到达那里的时候，沉船事故——令人感到匪夷所思的是——竟然已经发生"三个月"了（第五幕，第一场，91 行）。正如《错误的喜剧》中发生的情况那样，随着情节的深入，提到时间的次数增加了，但在《第十二夜》中，这些时间的说法让人感觉是印象式的和荒诞不经的。例如，下文是安东尼奥描述西巴斯辛如何公然不肯归还他的钱包：

安东尼奥：二十年的疏远形成于

眨眼之间，他拒还我的钱袋，

我交付于他使用

就在不到半小时之前。(第五幕,第一场,85—88行)

"二十年"和"眨眼"所用的时间形成了极端对比。正如剧中所说的安东尼奥和西巴斯辛"三个月"的亲密友情,或者让奥西诺和薇奥拉神奇地惺惺相惜的"三天",这些时间都与三一律格格不入。《第十二夜》中的时间是隐喻性质的,而非实际发生时间。这一点明显体现在不同寻常的舞台说明"时钟敲响"上,这个说明打断了薇奥拉和奥丽维亚之间的第二次对话。正如奥丽维亚本人在当时评论的那样,"时钟斥责我浪费时间"(第三幕,第一场,129行)。

难怪薇奥拉在这部戏开始不久就宣布,"时间,定是你搅乱了一切,不是我",或者费斯特总结说,"因此时光流转,迟早报应会来"(第二幕,第二场,40行;第五幕,第一场,373行)。这些陈述显示出,莎士比亚在嘲笑三一律的同时,强烈地认识到了他正在编织时间之网,这张网交织着舞台实际演出时间和剧中所说的若干天或若干周,带着一股强大的塑造力量,这股力量就是奥西诺所说的"吉时"(第五幕,第一场,378行)。在《第十二夜》

的结尾，从费斯特的歌谣"因为每天都下雨"当中，我们甚至明显地看到了一个更为广阔的视角。这首歌谣讲的是人们天天重复的固定活动，但它讲的也是从儿童时代到安然去世的人生。在最后一节中，它表达的还不止于此：

世界开始于很久前

嘿，嚯，风儿刮雨儿下，

但不要紧，戏已落幕，

我们愿君天天笑开颜。（第五幕，第一场，401—404行）

在最后这节，开头说的是创世记，结尾说的是这出戏的内容可能会循环往复，不断重演。它证明了这出戏的标题想表达双重意思：它的发生既有明确的时间，但也"随你所愿"。[1]

这样说来，"时间的统一"在莎士比亚中期喜剧中的内涵更为丰富，而不仅仅是遵守日常表了。当奥兰多在《皆大欢喜》中说，"森林里没有时钟"，他就是在维护一

---

1 这部剧的另一个标题是 What You Will。

种打破正常时间限制的自由，但他同时也在突出对于时间复杂性的深刻主题旨趣（第三幕，第二场，294—295行）。比起《第十二夜》，《皆大欢喜》更是如此。这部剧中多处提到时间："此刻是十点"；"现在什么时辰？"；"我迟到还没一小时呢"；"两点钟是您说的？"——如此不胜枚举。（第二幕，第七场，22行；第三幕，第二场，293行；第四幕，第一场，40—41行；第四幕，第一场，175—176行）按照罗瑟琳的说法，"时间移动，速度因人而异"（第三幕，第二场，301—302行），当我们比较周围人的态度时，我们看到情况的确如此。有些人（值得注意的是小丑试金石）不断地计算着时刻，而其他人（主要是真正的恋人奥兰多）完全忘却了时钟。

戏剧家有两种办法做到这一点。与《第十二夜》一样，《皆大欢喜》中的时间范围也有相互冲突的地方，例如，老公爵到底是在何时被废黜的？这个问题就是如此。在这出戏刚刚开始的时候，这桩谋逆案对奥列佛来说还是"新闻"（虽说是"旧［新］闻"），对话中有好几个地方显示，"新"公爵的统治还是相对晚近的事情（第一幕，第一场，92—99行）。然而，过了两场之后，篡位夺权就已经成了遥远而模糊的记忆了："我当年太小，不知道她的可贵，/但现在知道了。"当西莉娅回顾往事的时候，她如是说（第一幕，第三场，70—71 行）。莎士比亚一再轻率地对待事件的时间顺序。因此，罗瑟琳的行动似乎发生在几个小时之内，而在此期间，奥列佛竟然变得"衣衫褴褛，发须如杂草丛生"（第四幕，第三场，107 行）；接着，就在实际演出时间的几分钟之内，他便从这种状态下恢复过来了。无独有偶，还有微妙的季节变化——从冬天逐渐过渡到夏天——这一点在《皆大欢喜》中没有明确说明。

最能表现这种季节变换的莫过于剧中的歌唱。歌唱是莎士比亚喜剧中决定氛围的重要因素，《皆大欢喜》是一个典型的案例。老公爵初次登场之际，约略提到"冰冷的利牙"和"四季的变化"，但剧作家并没有直接告诉我们这是冬天——这层意思只见于阿米恩斯吟唱的短歌的只言片语当中："你在这里不见仇敌，/只有寒冬与坏天气"，以及他的长歌："冬风啊，尽管吹呀吹！"（第二幕，第一场，6 行；第二幕，第五场，38—39 行；第二幕，第七场，175 行）。同样，新生草木的到来，是通过公爵的侍童轻快活泼的歌声传达出来的，试金石一宣布"明天是大喜的日子"，便请求侍童唱歌：

> 春的季节，正好订婚约，
>
> 鸟儿欢唱，嘿，叮啊叮。
>
> 情侣爱听春的声音。（第五幕，第三场，18—20 行）

　　莎士比亚将流放与冬天联系在一起，将婚姻与春天联系在一起。通过歌声和对话中的少许暗示（在很多演出中，还通过景物变化），这部剧将我们从一个时节带到了另一个时节，而没有奉行时间的严格规定。

　　在 20 世纪 40 年代发表的一篇颇有影响的文章中，诺斯洛普·弗莱（Northrop Frye）认为，"喜剧的观点"本质上是丰饶战胜贫瘠。他声称，这种模式比希腊新喜剧中男孩追求女孩的情节更为古老，它属于"民间仪式"传统，莎士比亚可能见到，并把它视为一种中世纪传统，但它的出现要远远早于中世纪：

> 我们可称之为绿色世界的戏剧，它的主题还是生命战胜荒原，化身为半人半神人物的年度死亡与复活。

　　按照弗莱的说法，"绿色世界赋予喜剧某种象征，喜剧性的冲突解决当中暗含着夏天战胜冬天的古老仪式的模式"。这种象征当然也出现在《皆大欢喜》当中，这出戏让好几对男女结成连理——西尔维斯和菲苾，奥列佛和西莉娅，试金石与奥德蕾，罗瑟琳与奥兰多，数量之多，令人吃惊，他们的结合与其说是建立在情感关系基础上的，不如说是建立在季节力量的基础上。

　　安妮·巴顿（Anne Barton），最有才华的一位莎士比亚批评家，称《皆大欢喜》是"莎士比亚的经典喜剧"。说它是经典，她的意思不是说，这部剧受古人的影响尤其深刻，相反，她想说的是，这部剧具有原型（母题）意义。她认为，这部剧"巩固了此前八部剧中非凡的实验，它最为完整和最为稳固地落实了莎士比亚式的喜剧形式"。她感觉到，这种形式"惊人的创新之处"在于，它非常巧妙地不再以情节为驱动因素，而是代之以田园的静谧，这还不是消极避世，而是突破时间限制的一种自然举动。按照巴顿的说法，这个成就本身就是在规定时间之内取得的。莎士比亚在早期喜剧中曾经朝着这个方向努力，在后来的剧作中，从《第十二夜》开始，他又"摧毁"了它。她认为，在这些剧作中，时间日益成为死亡的预兆。虽说这个关于艺术家个人演变的故事如今已经不再时兴，然而，还得要为它说点什么。正如托尼·纳托尔（Tony Nuttall，与巴顿同时代的另一位大批评家）所说，可以证明，莎士比亚从一部戏剧到另一部戏剧，通过问题思考他的方法。这方面的证据在喜剧中尤为明显，在这些剧作中，时间对戏剧家不断地发出结构性的挑战，在人物的生活中也逐渐成为一位道德裁决者。用罗瑟琳的话说，"时间是审判这一类负心人的老法官"；当情况陷入僵局，我们只能说"就让时间来判决"（第四幕，第一场，189—190 行）。

漫长的时间

按照巴顿的说法，莎士比亚很快就打破了他在《皆大欢喜》中取得的完美的静谧。当然，到了最后一部传统喜剧《终成眷属》（1604—1605）问世的时候，我们发现，这里面几乎没什么静谧可言了。该剧情节以一位出身低微的女人海伦为中心，此人治愈了法国国王的重病，为了报答她妙手回春之功，国王允许她在自己的宫廷中选出丈夫。海伦看上了勃特拉姆伯爵，但后者害怕与前者结婚，就一躲了之。接下来，该剧讲述了她如何施展诡计，套住了自己的心上人。从大面来看，剧中依然存在从冬至夏的季节变换。剧作家向观众保证，"精神也已经恢复"，"转眼之间夏天就要到来，/ 野玫瑰的棘刺终会被绿叶所覆盖"[1]（第四幕，第四场，34 行，31—32 行）。然而，在一个两面三刀的世界里（海伦为了诱使好色成性的伪君子勃特拉姆与自己上床，乔装打扮成他人模样），这些老生常谈几乎无足轻重。女主人公告诉我们："是非成败，结局之处显真相。/ 即便途中时运不济，白费周章"（第五幕，第一场，27—28 行）。然而，结果好就**是**好，这个问题是有讨论余地的。虽说最后一场出现了和解，但是，还是有太多的可疑行为在舞台喜剧极短的时限内难以修复。

如果我们使用现代体裁分类方法，可以说，莎士比亚写成《终成眷属》后，在 1605 年左右放弃了喜剧创作。不过，第一对开本显示，《暴风雨》和《冬天的故事》也是喜剧（还有《泰尔亲王佩里克利斯》，如果它被收入对开

1　本书中引用的该剧译文，均来自王剑译《终成眷属》，外语教学与研究出版社，2016 年。

本的话,它同样也会登上那个喜剧名单的)。与《终成眷属》一样,这些晚期戏剧描写了某些骇人听闻的背叛行为,这些行为正是传统喜剧在冲突解开部分无法纠正的东西。然而,比起早期喜剧,晚期戏剧有很大的不同。剧中人物所干的坏事都是通过一种平和的影响因素来修复的,这种影响因素可被视为制造了种种奇迹,它就是时间的流逝。

《泰尔亲王佩里克利斯》和《冬天的故事》(在某种程度上还包括《辛白林》和《暴风雨》)是表现代际和解的喜剧,十分突出时光的流逝。在《泰尔亲王佩里克利斯》和《冬天的故事》这两部戏剧中,在剧情发展过程中出生的儿童到了剧终时,已经长大成人,他们在剧中发挥着治疗作用。莎士比亚喜欢突出老一代人逐渐变得老迈不堪。由此我们看到,佩里克利斯的胡子长了十四年,在《冬天的故事》中,作者直言不讳地提及赫米温妮有“那么多皱纹”,那是“十六个寒冬吹不散”的悲伤造成的(第五幕,第三场,28 行,50 行)。这四部剧的结尾各场出现了某种隐喻性的场面,让年迈与丰产的青春结合在一起,一如古典新喜剧的做法,但是,年迈之人总是去回顾在过去所经历的错误和不幸。

　　在《冬天的故事》中，青春与年迈这个主题表现得至
为明显。这部剧讲的是，西西里亚国王里昂提斯突发嫉妒
狂疾，认为王后赫米温妮有了外遇。他的狂怒产生了可怕
的后果：襁褓之中的女儿失踪了，儿子死了，赫米温妮（好
像）也死掉了。直到这个时候，里昂提斯才意识到自己犯
了错误，在此后的十六年当中，他深陷悲悼之中而无法自
拔。只有到了剧末，女儿被找回，他应邀去参观一尊雕像，
这尊雕像做工逼真，（据说）无异于王后本人在世。然而，
当他走近这座"雕像"，它竟然动了起来。这时候国王才
发现，王后竟然还活在世上，这么多年来一直藏在这个地
方。与这种和解遥相呼应的是《无事生非》中克劳狄奥发
现希罗的桥段（另一位疑心重重的恋人的故事，他受人愚
弄，误以为自己杀死了被他冤枉的女人）。在《冬天的故
事》中，虚假指控造成的真正伤害并没有马上消失；只有
漫长的悔罪时期和新一代人的到来，才能带来某种解脱。
　　如此说来，《冬天的故事》的结尾好像在坚定地断言，
喜剧性的解决方式只是一种幻想：现实生活中的男男女女
需要很长的时间才能相互原谅，并且他们再也不能完全回
到原来的状态。然而，尽管存在这种"写实主义的"寓

意，结尾也坚决维护了剧院采取的巧妙办法。从里昂提斯的视角来看，王后看起来苍老是"天经地义的"。然而，在观众看来，相反的情况才是合理的，对他们来说，她苍老的外表是为了舞台效果而制造出来的。有人警告里昂提斯，不要碰雕像，因为它刚刚上漆："她唇上的红彩未干，/ 若是吻了，会把它弄坏，/ 油彩还会污了您的嘴"（第五幕，第三场，81—83 行）。这个事实显然值得我们注意。当然，在剧院中，赫米温妮的嘴上的油彩**的确**未干；观众想到，在她长满皱纹的外表之下，是一位年轻的演员，不到一个小时之前我们还在观看她的表演。就某种程度而言，这就是晚期剧作的特色：一边是舞台人物坦然相信自己所见为实，一边是剧作家明显的艺术干预。

时钟、季节与苍老的过程不断地吸引喜剧家莎士比亚。在他的喜剧中，正常的时间规律暂时被取消了，甚至在作者（正如在《错误的喜剧》或《仲夏夜之梦》中那样）似乎不间断地注意时钟的时候。这种操控时间的方法是一种独特的成就，它使这些喜剧有别于其他戏剧。

第五章

人　物

莎士比亚的"圆形"人物

长期以来，人们特意称颂莎士比亚能够创造出性格独特和令人难忘的人物。亚历山大·蒲柏（Alexander Pope）是最早对此进行详细分析的人，他宣称"莎士比亚笔下的每一个人物都像现实生活中的人物那样个性十足；我们在莎剧中找不到两位彼此相似的人物"。他还说："如果不提说话人姓甚名谁，只要把他的话全部印出来，我们就知道说话人是谁，"他的言语模式就这么独特。对此，晚蒲柏一代的塞缪尔·约翰逊也同样盛赞不已。按照他的判断，"没有哪位诗人能像他那样让笔下的人物个性十足、彼此毫不相像……他的场景完全被人物所占据，在读者看来，这些人物的言行举止无不合乎情理"。

　　莎士比亚因其喜剧人物而得此盛赞，这种现象尤其引人注目，因为，喜剧人物通常是以某种方式与固定的人物类型联系在一起的。然而，按照浪漫主义诗人、批评家和哲学家卡尔·威廉·弗里德里希·施莱格尔（Karl Wilhelm Friedrich Schlegel）的看法，"他（译按：莎士比亚）的喜剧人物和他笔下的严肃人物同样真实、多样和深刻"，实际上，"他不大愿意使用漫画式讽刺手法，我们不妨说，他的许多描写对于喜剧舞台来说过于精美和细腻了"。

　　莎士比亚的人物深度超出了舞台的需要，这种观念为浪漫派所着迷，到了维多利亚时代仍然大行其道。例如，深受广大读者喜爱的传记批评家爱德华·道登（Edward Dowden），称《威尼斯商人》中的鲍西娅为"高贵和文雅女性"的最高典范，他还说《一报还一报》中的伊莎贝拉是"英勇捍卫贞洁"的"纯洁"典范，就好像他是这些人物的知己。莎士比亚戏剧的主人公——包括喜剧主人公——的"内心生活"成为某种信纲。

　　这种思维的必然结果是催生了系列小说——玛丽·考

登·克拉克（Mary Cowden Clarke）的《莎士比亚女主人公的少女时代》（1850—1852），这套同样极受欢迎的小说旨在"追溯莎士比亚笔下的女性可能经历过的身世"，以解释她们何以成为现在这个样子。例如，在这些书中，我们知道，《第十二夜》中的薇奥拉曾经从（如剧中所示）已故的父亲那里接受过美德教育，她父亲是在这对双胞胎兄妹过十三岁生日那天去世的，他的"眉间有颗痣"。在薇奥拉成长过程中，她父亲还经常提到奥西诺公爵，这就印证了她后来向船长所说的话："奥西诺。我曾听闻父亲提过。"（第一幕，第二场，24—25 行）《莎士比亚女主人公的少女时代》就是根据这类琐事一路演绎而成的。

人们很容易去嘲笑克拉克一门心思相信莎士比亚的所有人物性格前后一致。然而，她与道登一样，是一位学养深厚的读者，熟知莎士比亚故事的细节。根据剧本提供的一鳞半爪的信息去构思一整套小说，这种情况发人深省：在其他任何一位近代剧作家那里，都无法取得这样的成绩。

莎士比亚的人物塑造方式自有独到之处，**尤其**是他的喜剧人物的塑造方法，为虚构类传记作家提供了用武之地。

薇奥拉和西巴斯辛的父亲眉间有痣,这个细节实际上不属于这种方法的例证。身上长痣常被用于描写亲人相认的场景,在莎士比亚使用的原始素材当中,这种常规特色曾经大量出现。不过,还是有些其他细节并非来自那些原始素材,而这些内容是独具一格的莎士比亚喜剧艺术的关键成分。

对于莎士比亚的同时代人——例如本·琼森、乔治·查普曼、约翰·马斯顿和托马斯·米德尔顿(Thomas Middleton)——来说,往喜剧中插入"可信的"细节并非难事。总的说来,他们并没有这样做,原因不在于他们缺乏才能,这是一个主观意图问题。尤其从 16 世纪 90 年代中期以来,精英式喜剧创作最在意的是"癖性"。所谓癖性,并不是诸如意大利传统即兴喜剧中的"贪财老父"或"小丑"这样的"类型化人物"。相同的"类型"可以重复使用,但"癖性"却是只能使用一次的独特创造(或发现)。癖性人物痴迷于某种事物,从而打破了身体(即体液)的平衡。识别一种新的喜剧癖性是一项重要成就,这样做明显具有讽刺目的。本·琼森曾让他笔下的一位人物评论此人身在其中的一部戏:因为作者"没有找到癖性,他对癖性一无所知"，所以未能捕捉到当时伦敦市井生活的精确基调。

如果因为琼森等剧作家笔下的人物没有可信的背景故事而谴责他们，这就犯了意图谬误。他的人物之所以精彩，正是因为他们走极端。例如，他的《炼金术士》中贪婪得令人发指的埃皮丘尔·玛门，差不多总是大谈特谈他如何享受金钱的快乐，甚至他的行善计划（"我将把它用于各种虔诚事业，/创办大学和文法学校，/娶妙龄女子……"）也暴露出他的隐蔽欲望。虚伪的清教徒"全愁"；拼命想发迹的"未来政治爵士"；虚荣的廷臣迪亚法努斯·西尔克沃姆，凡此种种，都是琼森创造出的癖性人物，后人无法为他们写出令人信服的幕后故事。

福斯特在 1927 年出版的《小说面面观》中将人物分为"扁平"和"圆形"两类，给人留下了深刻的印象。福斯特认为，有一类的产生可以追溯到詹姆斯一世时代。

在 17 世纪，扁平人物被称作"癖性"，有时被称作类型，有时被称作漫画式讽刺。就其最纯粹的形式而言，他们是围绕着某个观念或某种特质而构想出来的：如果他们身上的因素不一而足，那么，圆形人物就呼之欲出了。

当福斯特描述与扁平人物特征对立的圆形特征的时候，他完全是在探讨小说，这种文学形式始自于莎士比亚逝世后百年左右。然而，正如玛丽·考登·克拉克发挥想象力重构莎翁笔下女主人公的少女时代所显示的那样，许多评论者都认为，莎翁戏剧中的人物已经具备了小说人物的圆形特征。

琼森努力消除自己笔下的喜剧人物的内在矛盾，尽可能地让他们"扁平"化，然而，在莎翁戏剧中，很容易找到集"多种因素"于一身的个体。甚至像《第十二夜》中的安德鲁·艾古契克爵士这样无足轻重的喜剧人物，也有多重性格特征：他是一位富裕、愚蠢的年轻绅士，遭到托比爵士的利用；他性格怯懦；但他也是很好的同伴。当我们看到他和托比爵士、玛利娅在一起的时候，我们很难看出这是纯粹的利用关系，因为他们的欢歌笑语和插科打诨让人产生一种比较复杂的感觉：他们在同呼吸、共命运。琼森可能认为，创造这样的人物是一种失败。他究竟持有何种目的？他真的不是一个完整的壮志未酬的风流汉子形象（琼森在法斯蒂丢斯·布里斯科身上创造了这样的形象）。如果有人问我们，他可以被净化掉什么样的癖性，我们将会茫然若失，不知所对。

为艾古契克这样的人物增添圆形特征的手法，只不过是一些微不足道的细节。例如，当托比爵士信口吹牛说，玛丽亚"爱慕"他，安德鲁爵士不经意地伤心回应道："我以前也有人爱慕"（第二幕，第三场，175 行）。这句话在故事中并没有后续，托比爵士也没有把它当回事，但它却可能为玛丽·考登·克拉克的一整部中篇小说奠定基础。《无事生非》中的那位好笑的警官道博雷的评论也是如此，他说，他"曾经富得整天丢东西；我还有两件长袍"（第四幕，第二场，81—83 行）。如果没有这几句话，道博雷完全就是一副无能警官的可笑形象，他把自己的职务看得甚高，只会支使下属做这做那。琼森从类似人物身上提炼出了喜剧成分，例如《巴塞罗缪集市》（1614）中的治安官亚当·奥弗杜。但是，道博雷"丢东西"这句话，顿时让观众心生怜悯，它还暗示背后还有一段深刻和复杂的故事。这句话，连同衣橱中的"两件长袍"的多余属性，赋予这位警官一种小说人物常有的外观，而这在文艺复兴时期的喜剧中是非常不寻常的。甚至《炼金术士》中像福尔奈篷这样"略带圆形特征的"人物，也没有这类赋予他们人性的具体怪癖，因为琼森在塑造人物形象过程中有着更多的目标指向性。

长期以来，由于莎士比亚喜剧明显缺少实用性，他的批评家对此颇有挫折感。"他的创作似乎没有任何道德目的，"约翰逊博士写道；他对那种率性胡来和有悖常理的失败之笔感到困惑："他忘记了故事进展所要求的许多寓教于乐的机会"；"他让自己的人物不问是非，到了结尾的时候，便匆匆地把他们打发掉，再也不管不顾"。

《终成眷属》中的帕洛这个人物一定会让琼森感到尤其恼火。终于有个人似乎是某种罪恶的化身。他的名字（Paroles）[1] 本身就表明，他是个夸夸其谈的人：喜欢吹牛扯谎、阿谀奉承，说朋友坏话。在这部剧中，有一个颇具琼森特色的情节可以治疗帕洛的这种癖性。他的一伙战友将他抓起来，蒙上了双眼，故作敌人袭击之状，把他吓得要死。最后，他们解开了他的眼罩，本以为这下可以治好

1　Parole 一词有"言语"的意思。

他的癖性，他也会因此而"出尽洋相"。在琼森的戏剧中（或者说在查普曼、马斯顿或米德尔顿的任何一部喜剧中），这会是精彩的治疗时刻：净化人物的关键错误。然而，帕洛却轻描淡写地评论道："此番被人算计，栽了跟头也只能自认倒霉。"并且他决心不会因为这次遭受羞辱而痛改前非，他对观众说："我因生性善言，自能运用自如，左右逢源"（第四幕，第三场，326—335 行）。和约翰逊博士抱怨的一模一样，莎士比亚让帕洛渡过难关，"不问是非"，当他最后退场的时候，依然我行我素，没有痛改前非，对他"再也不管不顾"。

莎士比亚的人物不受某一种功能的束缚，这不仅为约翰逊所谓的他们的"道德目的"制造了潜在的问题，也为他们在舞台上的喜剧效果带来了潜在的问题（从现代视角来看，这一点可能更加重要）。除了莎士比亚之外，其他作家的伟大喜剧人物经常被认为滑稽可笑，就**因为**他们具有可预测性。例如伯蒂·伍斯特 [1] 绝对是一个蠢蛋：他总是欢天喜地地出现在"蝇声"俱乐部，总是做出令人遗憾的

---

[1] 英国作家 P. G. 沃德豪斯（P. G. Wodehouse）"吉福斯"系列幽默小说中的人物。

求婚举动，他总想对吉福斯采取"铁腕手段"，但总是未果。如果这个人突然爆出伤心的幕后故事——例如少失怙恃，就会毁掉我们的笑声。伯蒂·伍斯特令人感到滑稽可笑的是他的机械规律性。

人物两面性的感染力成为一种伟大的喜剧理论——亨利·贝格松（Henri Bergson）的《笑》（1900）——的核心。根据贝格松的命题，"当某人给人以煞有其事的印象，我们就会发笑"。因此，在正常的生活中，人们的行为方式是复杂的（例如，人们可能恋爱了，但是，走路的时候，他们依然会看路，也能按时上班）。当我们去掉这方面的因素后，喜剧效果就应运而生了（恋人一走路就撞上路灯杆子，还丧失了一切时间观念）。贝格松的理论可以解释喜剧活动为何需要程式化，以及为何不断地重复某一个程式化的行动（例如，撞路灯杆子）会使我们发笑。这个理论也阐明，笑与同情心是对立的：对受害者的任何感同身受（例如，认为撞上路灯杆子真的会对他们造成伤害）都会完全杀死喜剧效果。当道博雷这样的人物未能遵守表现得"煞有其事"的喜剧规律，我们就会看到这些见解是非常有道理的。到了最后，"丢东西"、被视为"蠢驴"的道博雷成了悲剧人物，他的命运为《无事生非》整部剧的结尾蒙上了一层忧郁的阴影。

　　莎士比亚创造的最令人难忘的人物——例如波顿、福斯塔夫和马伏里奥——往往带有这种令人纠结的哀伤因素，让喜剧偏离了方向。如此说来，除了《皆大欢喜》中的滑稽搞笑是简单明了的，其余的总有一种令人不安的因素。既然如此，那么，莎士比亚是如何将复杂性和引人发笑结合起来的呢？他是如何让怜悯与闹剧相协调的呢？答案之一就是，他的人物是形态不固定的人物。正如处理舞台空间一样，莎士比亚随时调整他们的自我意识的水平，以便适应演出时的情况，这样一来，他们既可以是"扁平人物"，也可以充当"圆形人物"，这就看戏剧演出有何需要了。

莎士比亚的"扁平"人物

　　颂扬莎剧人物的圆形特征完全是常规动作。然而，欣赏他们偶尔呈现的扁平化特征却是罕见之举。不过，虽然剧作家从未真正写出癖性人物，但有些时候，人物的两面

性特征却正合他意。以他笔下的恋人为例，他们一动笔写
十四行诗就彻底扁平化了。正如莎士比亚在他的情节主线
中能够随意操弄时间一样（将迅速的行动与长时间的发展
结合在一个框架之内），他在喜剧人物塑造过程中展现了
令人称奇的灵活性。他笔下的一些人物几乎具有立体特征，
集扁平性与圆形性于一身。

　　莎士比亚能够在剧院观众不知不觉之际让人物扁平
化，这种能力对于处理结局尤其有用。在《皆大欢喜》的
第一幕，欺凌奥兰多的奥列佛，是一个毫无手足之情的厌
恶人类者，但到了第四幕，他却成了热衷于田园生活的
人、西莉娅的追求者，这是该把戏的精彩例证。在理论上，
这可以显示出他的性格中的两种因素，但是这两种因素之
间几乎没有什么关联，作者也没有进一步解释这种转变，
这样一来，更有意义的说法是，这个人物在这两场戏中都
是扁平人物。在《冬天的故事》的最后一场，作者使用了
一种不同的手法，使赫米温妮这个人物具有策略化的扁平
特征。在前三幕当中，莎士比亚将她描写成一位能言善辩，
甚至是嗓音尖锐刺耳的人物。在公开的法庭上，她利用理
性和激情为自己辩护，反击对她的通奸诬陷，要求神谕的

判断，坚称"王座上也有我一席之位"，自己是"一个伟大国王之女"（第三幕，第二场，28 行）。然而，十六年后，当她再度露面的时候，却成了一尊伪造的雕像，说着一口完全不同的语言——神秘莫测、冠冕堂皇，几乎没有独特性。与《皆大欢喜》中的奥列佛一样，我们在理论上可以写一个幕后故事去解释赫米温妮的观点发生的这种转变，但这实在是没什么好写的。《冬天的故事》的最后一幕充满了奇怪的发展（除了赫米温妮的行动之外，波力克希尼斯、宝丽娜夫人和里昂提斯的行动同样难以解释）。在这里，人物必须迁就神话故事结尾的法术。通过音乐、仪式以及有规律的言语模式，莎士比亚尽其所能地在这出戏的结尾处抹平个体性。

相对而言，在早期喜剧中（《维洛那二绅士》《错误的喜剧》和《驯悍记》），莎士比亚的人物有着更为连贯一致的扁平特征，在创作这些作品的时候，他还不是剧团股东，还没有能力控制自己的戏剧的角色分配。在他创作尾声阶段写的那些喜剧——也称"传奇剧"——当中，人物也趋于扁平化。这些剧包括《冬天的故事》《暴风雨》《泰尔亲王佩里克利斯》以及与他人合写的《两贵亲》（如果后两

部被视作喜剧的话）。在他的中期喜剧中（从 1594—1595
年创作的《爱的徒劳》到很可能完成于 1604 至 1605 年之
间的《终成眷属》），人物趋向于圆形化。不过，这种概括
是粗略的，不够细致，这不仅因为随着时间变化，莎士比
亚创作的演化越来越不均衡，而且因为，在各出戏剧内部
以及在人物内部，存在着巨大的差异。

　　有些人物自始至终缺乏深度。例如《仲夏夜之梦》中
的两位男性求爱者狄米特律斯和拉山德，在整部剧中，他
们完全可以互换。尤其是联系起他们所追求的那两位刻画
细致的女性人物，更容易看出，他们在剧中只是填补空位
的人物，毫无独到个性。作者有意把个子高高、面色苍白
和容易受到惊吓的海丽娜，与个子矮小、面色发黑和焦躁
不安的赫米娅进行对比。当她们被两个男人轮流爱慕和拒
绝的时候，她们通过个人述说，反思了这些特性。精细刻
画和非精细刻画的性格之间的这种对比，更能凸显出她们
对（魔法致使的）情郎负心别恋的困惑。这部剧告诉我们，
爱情是盲目的，在某种程度上，这意味着男人可以从爱一
个高个子女人突然移情别恋，转而爱一个矮个子女人；这
部剧也表示，女性能够对一个（憎恶她的）男人痴心不

改，即便另一个（自称爱她的）男人的长相和行为与之完全一样。

　　有些人物，例如海丽娜和赫米娅，始终保持她们的圆形复杂性，满腹幽怨，外表独特。不过，莎士比亚最伟大的戏剧成就在于，他将圆形性和扁平性集于一人之身，让这两种特性灵活转换，从一场转到另一场，而不会引起观众的怀疑。《无事生非》中的那对欢喜冤家贝特丽丝和培尼狄克便体现了这种灵活性。在大多数情况下，这两个人都诙谐幽默、愤世嫉俗、言辞犀利：显然他们是剧中最聪明的一对儿。然而，他们一旦中了计，彼此倾述爱慕之情之时，便满嘴陈词滥调、思想天真幼稚、行为极为愚蠢，尤其是培尼狄克，立即变成贝格松所说的那种"机器"，就像揭开匣子就能跳起的玩偶那样僵硬和具有可预测性。在剧院演出的时候，扮演培尼狄克的演员必须使自己的动作尽可能地程式化：这个角色的扮演者动不动就得向后倒下，或者目瞪口呆地站在那里一动不动，或者摆出古典恋人的姿态，用手捧心。导演们经常用舞台道具去点缀场面。例如，在他本人执导的这部莎剧电影版中，扮演培尼狄克的肯尼思·布拉纳（Kenneth Branagh）利用一把折叠的帆布躺椅表演小丑式的固定动作；在克里斯托弗·鲁斯克姆比（Christopher Luscombe）执导的、皇家莎士比亚剧团于2014年演出的这部戏剧中（剧名改为《苍天不负有情人》），爱德华·本内特（Edward Bennett）表现了培尼狄克如何被他从中藏身的圣诞树缠住，最后，当唐·彼德罗修好并打开树上的漂亮电灯时，他已经被弄得疲惫不堪。

　　贝特丽丝和培尼狄克这两个人物的出众之处在于他们从圆形特征到扁平特征的这种无法预测的运动。任何特定时刻的深不可测为这部剧的演出增加了激动人心的东西，尤其是紧随希罗被诬告失贞之后。在这个时刻，贝特丽丝和培尼狄克这对欢喜冤家的两面性格与他们其他圆形的、更有社会性的自我发生了冲突。当培尼狄克为了打动贝特丽丝的芳心，说愿意为她"做任何事情"的时候，贝特丽丝回答说："杀死克劳狄奥"（第四幕，第一场，290行）；看到这里，观众都会发出笑声，但是，他们在笑的时候，心里紧张的程度与快乐的程度是一样的。在这之后，他将这对恋人重新扁平化，足以配合该剧的结尾。在结尾，人们发现，他们在写"胡诌八扯的韵"的"蹩脚情诗"，这就是莎士比亚灵活刻画人物的妙法。

古板情节中的圆形人物

莎士比亚通常擅长让人物适应环境，赋予主人公恰到好处的自我意识，以便让他在剧中的适当时机发挥作用。然而，有的时候，他的策略似乎未能奏效，结果我们就看到了维多利亚时代的批评家 F. S. 博厄斯（F. S. Boas）所说的莎士比亚的"问题剧"。博厄斯比较了莎士比亚与易卜生，还分析过《哈姆莱特》，但他所认定的这个戏剧类别主要适用于喜剧。因此，威廉·劳伦斯（William Lawrence）在《莎士比亚的问题喜剧》（1931）中认为，《特洛伊罗斯与克瑞西达》《一报还一报》以及《终成眷属》"显然不属于悲剧范畴，然而，它们又太严肃，分析性过强，不符合公认的喜剧概念"。

尽管这种类型依旧有争议，莎士比亚的问题剧中的确存在着迥然有别于纯粹的悲喜剧的属性；悲喜剧是剧作家约翰·马斯顿在 17 世纪初倡导的一种文艺复兴时期的体裁，在悲喜剧中，悲剧和喜剧的分界线一目了然。首先，问题剧涉及道德问题（例如，"目的总能为手段背书吗？"或者"一个伪君子必然是坏法官吗？"）。其次，它们也讲社会问题，剧中充斥了对嫖娼、政治腐败以及性病等的指涉。在体裁方面，问题剧游走于古典喜剧、中世纪传奇和文艺复兴讽刺文之间，很难根据基调为这类戏剧归类。但有人可能认为，它们最大的问题是将圆形人物纳入古板情节当中。

所谓"古板情节"，指的是具有强烈的机械规律性的情节：例如，那些使用调包计的情节，或详细阐发明显的道德教训的情节。在中世纪传奇和古典喜剧中，这种机械规律性很常见，只要我们不去过多地考虑把它放在个体身上是否可行，传达这类故事的机器就会安然无恙地运行。然而，在问题喜剧中，有太多的圆形因素，有太多的幕后故事，让人物无法安然无恙地通过这种机制。出于某种原因，情节可以保持运行，但出现了显而易见的摩擦。

这种机械规律性的一个明显例证是所谓的床上调包计。在《一报还一报》和《终成眷属》这两部剧中，男子先是作出虚假承诺，继而在黑屋子里与某位女子秘密发生性关系。在《一报还一报》中，安吉鲁答应不判处伊莎贝拉的弟弟死刑，只要她肯陪自己上床。在《终成眷属》中，勃特拉姆将"我的家族、我的荣耀，乃至我的性命"送给了狄安娜（第四幕，第二场，52行），为的是同一个目的。在某种台下情节之后，两人都以为自己如愿以偿，但他们不久又撕毁了原来的协议：安吉鲁下令处死伊莎贝拉的弟弟，勃特拉姆羞辱狄安娜，说她是"军营中出了名的娼妓"（第五幕，第三场，191行）。然而，他们并没有因为自己的恶行而受到惩罚：首先是因为，他们原先设计的加害于人的做法未能得逞；其次，（由于对方暗中采取了李代桃僵的手法）与他们发生关系的女子实际上是他们合法的未婚妻。

这类替身故事动不动就出现在戏剧舞台上以及散文体传奇中，莎士比亚就是以它们为素材的。《一报还一报》中上演的"丑恶救赎"故事，剧作家读过好几个版本。这个故事出现在许多戏剧和散文体作品中，既有意大利语的，也有英语的，其中包括乔治·惠茨通（George Whetstone）的早期戏剧《普洛摩斯和卡桑德拉》（1578）。勃特拉姆遭受的那种欺骗，也是早已有之，而且为数不鲜：民间故事；薄伽丘（Boccaccio）的《十日谈》；威廉·佩因特（William Painter）的故事集《无忧宫》（1575）中的"第三十八个故事"。尽管早年的这些故事内容各异，但它们也有一些共同的东西：人物的语言表达、思想模式和动机相当简单。例如，在《普洛摩斯和卡桑德拉》中，卡桑德拉请求国王赦免她的新婚丈夫，虽说普洛摩斯原想背弃自己与她的约定，让一个无辜的人当替死鬼：

> **卡桑德拉**：仁慈的国王，我对此心甘情愿，报答陛下对
> 　　我丈夫的不杀之恩。
> **国王**：如果我如此行事，让他感谢你这个做妻子的
> 　　吧。……
> **普洛摩斯**：卡桑德拉，我如何免除你的义务呢？
> **卡桑德拉**：我只不过做了妻子该做的事情。

　　在人们如此说话的世界中，不难相信，普洛摩斯对国王最后的道德说教会作出如下反应："仁慈的国王，我将竭力听从您的吩咐，/遵守这些戒律。"

　　与乔治·惠茨通的世界相比，在莎士比亚的世界中，人物的说话方式更加复杂。然而，在解决喜剧冲突的过程中，这通常不是一个问题，因为莎士比亚使用戏剧花活儿掩饰了某些东西，诸如《皆大欢喜》中奥列佛的恶行或

《错误的喜剧》中伊勤险遭处决。然而，在《一报还一报》和《终成眷属》中，主要人物的恶行不仅更加令人震惊，莎士比亚还尽可能地让解决方式变得更加棘手、更为复杂。

《一报还一报》中的伊莎贝拉的处境就是一个适当的例子。与惠茨通剧中的卡桑德拉一样，她的弟弟因为与未婚妻发生性关系而被判处死刑。同样与卡桑德拉相似的是，一位行政长官（安吉鲁）向她提出非分要求，他装模作样地说，只要她和自己发生性关系，他就饶了她兄弟一命。事实上，伊莎贝拉用了自己的替身（玛丽亚）与安吉鲁同床共枕，这已经让事情变得复杂起来了，但莎士比亚让事情变得更加复杂（而且没有必要），他把伊莎贝拉写成了见习修女。莎士比亚笔下的伊莎贝拉差不多是一个狂热的处女论者，她希望她所在的女修会"戒律更严格"；她把婚前性行为看作"最可怕的罪恶"，她感觉宣判她弟弟死刑的，是一种"公正而严酷的法律"（第一幕，第四场，4 行；第二幕，第二场，31 行，41 行）。她对性行为的那种显而易见的厌恶情绪与整个情节结构非常不合拍，因为在这个情节结构中，她不仅收到了安吉鲁的"丑恶"要求，还收到了安吉鲁的上级公爵的求婚。

　　伊莎贝拉与常见的喜剧人物正相反：在莎士比亚塑造的所有女主人公当中，她可能是最有独特怪癖的，她肯定是喜剧当中最复杂的人物。惠茨通戏剧中的卡桑德拉只是一个"非常贞洁和漂亮的淑女"，全无锋芒可言，而《一报还一报》的女主人公则有一套坚定的信仰，这套信仰与故事中的阴谋诡计——不仅有床上调包计，还有重要的替身人物——尤其难以兼容。对于伊莎贝拉的行动，解释不一而足，但它们需要一种相当深刻的心理学解读，这是我们通常在喜剧中看不到的。

　　在《一报还一报》当中，不光伊莎贝拉的内心动机是复杂的。公爵、安吉鲁、克劳狄奥和卢西奥——剧中所有人物的性格不仅仅是"圆形的"，而且还有很多起伏，这体现在他们具有多面性和种种不足。扮演这些角色的演员的叙述很有启示性，因为它们证明，探索他们的性格深度该有多么困难。例如，罗杰·奥勒姆（Roger Allam）曾经在 1987 年由皇家莎士比亚剧团上演的、尼古拉斯·海特纳（Nicholas Hytner）执导的《一报还一报》中扮演公爵，他花了很长时间才作出既让自己也让导演满意的解释（见图 8）。这两人发现，公爵的讲话"很难理解"，因为他讲话的"句子结构复杂难懂"，他"不断地重复和修正自己的话，试图更精确地说清自己的意思"。除此之外，公爵的行为以及他给周围人下的指示"显然是自相矛盾的"。正如海特纳最后所见，文森修公爵是一个处于心理危机中

图 8. 罗杰·奥勒姆在尼古拉斯·海特纳执导的《一报还一报》（皇家莎士比亚剧团，1987）中扮演向伊莎贝拉（乔赛特·西蒙［Josette Simon］饰）求婚的文森修公爵，现藏于莎士比亚故乡基金会

的人物，他的"自我认识已经分化为'无数颗尘埃'"。奥勒姆在表演中试图向观众展现公爵从心理危机中恢复的过程，以及他如何就未来的生活形成新的决心。

奥勒姆的体验具有典型性，它不仅代表了海特纳执导的这部剧中其他演员的体验，还代表了他人执导的这部剧中演员们的体验；近几十年来，这部剧日益受欢迎。演员们一再谈论"危机""矛盾""潜意识动机"以及"心理瑕疵"。对莎士比亚喜剧的演员们来说，这种反应的四处传播实在是不太寻常，因为在莎士比亚的喜剧中（尽管存在人物的圆形特征），总的说来，表演者还是很容易确定他们所要表演的人物的所思所想，至少在爱情和欲望这些大问题上是这样。这部喜剧的"问题"感，在一定程度上源于演员们认识到人物的内心出了问题。

其他"问题"喜剧——《特洛伊罗斯与克瑞西达》以及《终成眷属》——中的情况与此类似，但也有所不同。这两部剧中的主人公同样为心理学阐释提供了空间，但除此之外，他们还有更多的神话原型特质：他们时常让人感觉就像神话中的人物，模模糊糊地意识到自己生活在故事书的世界中。《特洛伊罗斯与克瑞西达》的背景设在了特洛伊战争期间（因此，它最终还是取材于荷马的《伊利亚特》），但其中的爱情故事主要形成于中世纪，在这方面，莎士比亚最了解的就是乔叟（Chaucer）的《特洛伊罗斯与克瑞西达》。《伊利亚特》和《特洛伊罗斯与克瑞西达》以不同的方式讲述了高贵人物的故事——男女英雄，超凡脱俗的恋人。然而，莎士比亚的这出戏剧采取了人们耳熟能详的素材，却利用了一组恼人的普通人角色，重新讲述了这个故事；事实上，这些人物非常敬畏他们本应代表的那些神话人物。

《特洛伊罗斯与克瑞西达》中的人物在试图说服彼此的时候，用的都是陈腐的华丽辞藻（使海伦成了"一颗珍珠，/ 她的价值引动千船竞渡"[1][第二幕，第二场，80—81行]）。然而，他们在旁白中得承认一个平庸的现实：特洛伊罗斯是"鬼鬼祟祟的家伙"，赫西俄涅只不过是"老姑母"，而卡珊德拉是"我们的疯妹妹"（第一幕，第二场，222 行；第二幕，第二场，76 行，97 行）。人物们一再强调人们从中产生的那个环境的荒诞性，这些人物不是通过

1　本书中引用的该剧译文，均来自刁克利译《特洛伊罗斯与克瑞西达》，外语教学与研究出版社，2016 年，个别地方有所改动。

他们的行动，而是通过用来描述他们的词语创造出来的。尤利西斯甚至带了一本书上了舞台，这本书"特意证明"如下论点："谁也不能拥有一切，/虽然一个人有很多优良品质，/除非他能够把他的品质传达给别人"（第三幕，第三场，109—112行）。尤利西斯不仅坚持说，如果不能将他的品质传达给其他人，他便无足轻重，还坚持认为，（与图书一样）人们有可能被别人按照自己的偏好无穷无尽地阐释下去。在他看来，克瑞西达本人就是一本黄色小说："她的眼睛、面颊和嘴唇都含情"，她会"大大地张开无遮掩""供每个好色之徒意淫浏览"（第四幕，第六场，56—63行）。在大家都使用粗俗的浮夸语言的世界中，这会产生一个令人感到压抑的绝境。听到埃阿斯等人在某句话中被描述为"狮子""狗熊"和"大象"，克瑞西达便提出了无法回避的问题："那些家伙声音像狮子，行动却像兔子，不是怪物是什么？"（第一幕,第二场,19—20行；第三幕,第二场，84—86行）。最后，莎士比亚在《特洛伊罗斯与克瑞西达》中揭示，没有哪一个人的性格是单一的，无论情节对他们提出什么要求。特洛伊罗斯目睹了克瑞西达的不忠行为后，说道："这既是克瑞西达，又不是克瑞西达"；

在同一场中，他说："我要忘掉我自己"（第五幕，第二场，149 行，64 行）。

　　问题喜剧是莎士比亚越来越多地赋予其人物以"圆形特征"的必然结果。在创作之初，他塑造的都是相对简单的人物，例如《维洛那二绅士》中的朗斯、《驯悍记》中的凯瑟琳和彼特鲁乔（这两部剧都创作于 1590—1591 年）。此后，他创造了精彩生动的人物：《仲夏夜之梦》（1595）中的波顿，《无事生非》（1598）中的贝特丽丝和培尼狄克。《第十二夜》（1601）或许是莎士比亚剧作中最令人喜闻乐见的，它的喜剧人物的刻画既有多样性，又有深度：软弱的安德鲁·艾古契克爵士，自命不凡的马伏里奥，插科打诨、语带讥讽的费斯特，醉醺醺的托比爵士，如此等等，不一而足，这部剧中没有哪个人物容易让人忘记。然而，在 1601 年之后，我们看到了《特洛伊罗斯与克瑞西达》（1602）、《一报还一报》（1603）、《终成眷属》（1604—1605）。这几部剧的深度和广度超过以往，但它们却不再为人轻松欣赏。部分原因在于，这些剧作的题材更为严肃，另一方面的原因是，这些人物的身上有许多不同的因素，他们不能像以前的莎剧人物那样，可被纳入喜剧情节的结构中。

　　莎士比亚写完《终成眷属》之后，一度集中精力创作诸如《李尔王》和《麦克白》（都创作于 1605—1606 年）这样的悲剧，在这些剧作中，人物存在着深刻的和棘手的心理问题。莎剧人物的这些棘手的心理问题将问题喜剧与后来的悲剧联系在一起。或许剧作家只是过于痴迷人类动机的阴暗面，从而无法按照老办法进行喜剧创作？当然，人物的圆形特征总是笑声的潜在反对者。在二者之间保持平衡可不是很容易的事情。如果说莎士比亚有时候的确在苦心孤诣地维持着这种平衡，那么，我们可以说，他的努力确实成果斐然。人物的复杂性和逼真性（他们彼此之间的关系如何始终如一、意味深长）在他各个时期的喜剧中都是非常出色的：莎士比亚戏剧艺术除了具有独特的时空属性之外，他的人物塑造具有不同寻常的复杂性，这一点也很突出。

尾 声

喜剧的终结?

完成《终成眷属》(1604—1605)后,莎士比亚将喜剧创作放在了一边,一连写了四部悲剧:《李尔王》(1605—1606)、《麦克白》(1606)、《安东尼与克莉奥佩特拉》(1606)以及《雅典的泰门》(1605—1607)。后来他在 1607 年创作的《泰尔亲王佩里克利斯》可被称作喜剧,理由是,它有一个皆大欢喜的结尾。四开本称该剧讲的是"该亲王的全部历史、历险和命运",但并没有真正界定它的体裁,另外,由于 1623 年的对开本没有收入它,因此很难了解到那些演员们是如何为其归类的。无论我们给它贴上什么标签,《泰尔亲王佩里克利斯》里几乎没有让人放声大笑的戏份,今天的观众更愿意说它是传奇剧。

在《终成眷属》之后，莎士比亚写过喜剧吗？对开本的编者将《冬天的故事》（1609—1610）和《暴风雨》（1611）列在了喜剧的名下，但是，就像对待《泰尔亲王佩里克利斯》一样，现代批评往往将这些作品当作传奇剧——比起《皆大欢喜》（1600）或《第十二夜》（1601）之类的主流喜剧，它们在演出中给观众带来的更多的是如梦如幻的感觉。因此，传统的说法是，他早在 17 世纪初就不再写喜剧了，尽管这距离他创作期的结束还有将近十年时间。如果我们接受这就是事实，那么，我们拿什么来解释这种现象呢？例如，是戏剧风尚的变化缩小了喜剧的市场？还是严肃的心理悲剧突然流行起来了？

当然，作为商业剧作家，莎士比亚总要在某种层面上回应竞争对手的作品。不过，在那个时代，远离喜剧并不是什么大趋势。例如，在 1604 年和 1605 年之间，城市喜剧的市场需求十分强劲。德克尔和韦伯斯特（Webster）的《往西去！》（1604）上演后，查普曼、琼森和马斯顿的团队很快就接受委托，写出了对手戏《向东行！》（1605）。时隔不久，德克尔和韦伯斯特就写出了《往北去！》（1605），以此作为回应。莎士比亚的《李尔王》就创作于同一时期，它看起来就像是"局外人"——当时别人不会创作这种悲剧。第二年，莎士比亚自己的剧团演出了琼森极为出色的滑稽剧《狐狸》（1606），以此和其他许多实力强大的喜剧相竞争，其中包括托马斯·米德尔顿的《清教徒》（1606）。莎士比亚的《麦克白》再次逆着市场的潮流而行——尽管其他悲剧也为数不少，但没有哪一部能有莎剧的那种强烈的精神关注。

如果不是时尚的原因，那只能用个人原因去解释他为何放弃喜剧创作了。长期以来，这种解读莎剧发展的方法很盛行。最早提出这条论证思路的是爱德华·道登，那是在他大获成功并经常再版的著作《论莎士比亚的思想和艺术》（1875）中提出来的。在道登看来，戏剧氛围与艺术家心理有着直接对应关系。莎士比亚在新世纪之初创作喜剧之际，正是他"逸兴遄飞、最为乐观、尽情抒发想象与情感"之时，但随后他产生了精神危机，这在《哈姆莱特》《奥瑟罗》《李尔王》《麦克白》当中留下了印痕。道登写道："怪异和艰涩的"《特洛伊罗斯与克瑞西达》"是他最后一次试图继续创作喜剧，当时莎士比亚已经再也无法欢笑了"，必须开始竭力维持"精神健康和自我控制"。

除了戏剧和《十四行诗》（出版于 1609 年）之外，没有其他证据支撑道登的揣测，但是，以戏剧为了解莎士比亚精神生活的线索，这种解读模式却依然具有诱惑力。即便在今天，几乎所有的莎士比亚传记作者仍然在一定程度上向它让步，有些传记作者甚至变本加厉，将其推向极端。不过，将任何近代虚构作品解读成作者自述，都可能造成年代误植：即便在这一时期的诗歌中，直截了当的自我表现也是极少见的；在舞台上演出的就更少了。当莎士比亚创作带有恐怖的截肢场面的《泰特斯·安德洛尼克斯》的时候，他嗜血如狂，几个月后，他又恢复了"精神健康和自我控制"，继续创作了《错误的喜剧》，这种说法可信吗？按照最可靠的创作年表上的说法，危机四伏的《哈姆莱特》的创作时间正好处在基调欢快的《皆大欢喜》和《第十二夜》之间；我们没有充分的理由去推测，在那段时间里，莎士比亚会从欢乐幸福直接步入精神危机，而后又返回欢乐状态。

这倒不是说莎士比亚的写作没有受到外部因素的影响；然而，最出色的现代批评往往去追溯更为切实的影响因素（例如资助人的决策、剧院设计的发展或者剧团成员的变化），而不是在没有任何传记文本支持的情况下，凭空想象诗人的心理生活。如果我们想说明莎士比亚为何在1603年之后放弃了喜剧创作，这类切实的解释不一而足，值得我们思考。首先，在1603年之后，王室成为莎士比亚的赞助人。詹姆斯一世赐予该剧团一项特权：他们可以自称"国王剧团"。得此殊荣后，莎士比亚马上写戏，直接替国家元首的利益发声。《李尔王》讲到了王国的统一（因为詹姆斯一世试图统一英格兰和苏格兰）；《麦克白》的背景放在了国王的故乡苏格兰，关注了他非常喜欢的一个话题：巫术；《安东尼与克莉奥佩特拉》讲的是帝国与治国之术。所有这些戏剧都可以直接取悦于国王，而旧有的历史剧主要讲的是英格兰的事情，偶尔还对苏格兰人持有负面看法，不大可能得到新政权的赏识。由于国王非常喜欢看他过往的喜剧（他错过了观看它们首演的机会），莎士比亚很明智地集中精力创作严肃的戏剧，表明他对宫廷的敬意。

从喜剧临时转向悲剧也符合莎士比亚最重要的协作者——剧团的主演理查德·伯比奇（Richard Burbage）——的利益。尽管伯比奇当然能演喜剧，但他对演出严肃剧抱有极大的热忱，在他去世的时候，让人们念念不忘的，正是他扮演的诸如哈姆莱特、李尔王和奥瑟罗这样的悲剧角色。1599 年，莎士比亚重金投资建立新的环球剧院，理查德·伯比奇与卡思伯特·伯比奇（Cuthbert Burbage）兄弟两人控制了其中百分之五十的股份。剧作家的利益与理查德·伯比奇的利益紧紧地绑在了一起。年事渐高的伯比奇很想出演重要的悲剧角色，给观众留下深刻的印象。小丑威尔·肯普于 1600 年离开了剧团，这是另一个影响因素，因为接替他的罗伯特·阿明擅长出演一种也可被称为悲剧的喜剧（最明显的是，他在《李尔王》中演了傻子这个人物）。在这种情况下，莎士比亚的喜剧创作有所减少，这也不足为奇。

来自詹姆斯一世和理查德·伯比奇的双重影响的确在很大程度上可以解释，在《终成眷属》之后，莎士比亚为何暂时搁置了喜剧创作。除此之外，再加上阿明带来的影响因素，至少在一定程度上也大概能够解释所谓问题剧的那种比较阴沉忧郁的精神状态。莎士比亚最重要的资助人和主要演员均一再要求更加阴郁、更有道德分量的作品。然而，如果就此得出结论说，莎士比亚告别喜剧要么是根本性的，要么是永久性的，却是错误的看法。即便是他最严肃的戏剧，也有喜剧的色彩。更为重要的是，在莎士比亚戏剧创作生涯的最后阶段，还出现了一个晚期的、极重要的喜剧繁盛局面。

历史悲喜剧

在对开本的《哈姆莱特》当中，喋喋不休的廷臣波洛涅斯是这样介绍前来艾尔西诺城堡的演员们的：

他们是全世界最好的伶人，无论悲剧、喜剧、历史剧、田园剧、田园喜剧、田园史剧、历史悲剧、历史田园悲喜剧、场面不变的正宗戏或是摆脱拘束的新派戏，他们无不拿手；塞内加的悲剧不嫌其太沉重，普鲁图斯的喜剧不嫌其太轻浮。无论在演出规律的或是自由的剧本方面，他们都是唯一的演员。[1]（对开本第二幕，第二场，394—400 行）

正如波洛涅斯在剧中所说的一切，他对近代文学体裁的这种描述，既有少量的智慧，也有大量荒唐的东西，因

1　本书中引用的该剧译文，均来自朱生豪译《哈姆莱特》，《莎士比亚全集》第九卷，人民文学出版社，1978 年。

为，如果有人想给莎士比亚的剧院中上演的戏剧分类，就会出现这样一个杂七杂八的名单。《哈姆莱特》这部剧本身就是一个例证。因为，尽管《哈姆莱特》或许是典型的悲剧，然而，这部剧吸收了其他体裁的许多成分，包括《贡扎果之死》中的悲剧-历史道德剧成分，以及讲述"野蛮的皮洛斯"的古典史诗成分，二者都是由前来城堡的伶人们表演的。喜剧也进入了这个大杂烩。波洛涅斯是即兴喜剧（*Commedia dell'arte*）中经典的贪财老父，而哈姆莱特王子经常做出丑角的举动，批评家一直将他和中世纪道德剧中无法无天的人物"邪恶"相提并论。

在体裁杂糅过程中，莎士比亚表现出无穷无尽的创新能力。例如，"历史田园悲喜剧"这个标签就可以贴到他的英格兰历史剧身上，尤其是他的《亨利四世》（下）。在这部剧中，场景设在格洛斯特郡乡村的那几场戏是莎剧中最可笑，也是最令人伤心的内容。在这些对话过程中出任主演的约翰·福斯塔夫爵士，是无法归类的。按照他对自己的界定，"我不仅自己聪明，而且别人因我而聪明"[1]（第

---

[1] 本书中引用的该剧译文，均来自张顺赴译《亨利四世》（下），外语教学与研究出版社，2016年。

一幕，第二场，9—10 行），这就使得他成为口吐珠玑的
讽刺评论者，同时也是大量的肢体喜剧的中心；然而，除
此之外，在他的性格当中也有悲剧的成分，这种东西体
现在，哈尔登基称王之后抛弃了他。正如安东尼·谢尔
（Antony Sher）在格雷戈里·多兰（Gregory Doran）于
2014 年末执导的皇家莎士比亚剧团《亨利四世》中所表
演的那样，福斯塔夫嗜酒如狂，是货真价实的老酒鬼：一
个内心充满焦虑和痛苦、没命地进行自我摧毁的个体。与
此同时，这位胖骑士还是一位狂欢化的人物，是欢乐的体
现。通过这些极端性格的组合，福斯塔夫证明，如果把莎
士比亚的作品分门别类地打包为"喜剧""历史剧"和"悲
剧"，该有多么地简单化，不论这对本套简介丛书有多大
的帮助。

　　苏珊·斯奈德（Susan Snyder）在她出色的论著《莎
士比亚悲剧的喜剧母体》（1979）中指出，《罗密欧与朱丽
叶》《哈姆莱特》《奥瑟罗》与《李尔王》都依赖喜剧的成
规与预设，这倒不是因为它们当中有滑稽可笑的桥段（尽
管它们都有这样的东西），而是因为，在核心设计上，它
们使用了喜剧的结构。按照她的评价，《罗密欧与朱丽叶》

（1595）一开始本是爱情喜剧，后来情节急转直下，出人意料地走向一个悲剧性的结局。由下流的仆人、年轻的恋人和两家不共戴天的父母，在意大利的小镇里所构成的人物世界具有传统的喜剧性：从开头几场来看，我们可能以为这部剧的结尾将会是婚姻而非死亡。

同样，《奥瑟罗》（1603—1604）也运用了这些喜剧结构和成规，然后又加以扭曲，成就了一个悲剧性的结局。与此相较，和《奥瑟罗》同期上演的乔治·查普曼的《五朔节》，也把背景设在了威尼斯，忠贞受到怀疑的剧情几乎完全相同，人物的角色分派也很相似（包括为了城市的安全而出征的军人，被一个罗德里戈式的人物追逐的妻子和一位两面派朋友）。然而，这部剧是以笑声和谅解，而非无辜妻子被杀结尾的。就某些结构因素而言，奥瑟罗是一个"喜剧性"人物：他缺少自知之明；他以为自己被人戴了绿帽子，诸如手帕被盗或伊阿古故意让他听到与卡西诺的对话等简单骗术就能将他蒙蔽，误会妻子。新古典主义批评家托马斯·赖默（Thomas Rymer）在他的《悲剧管见》（1693）中大声斥责这类事物，因为——根据传统的理论（多纳图斯、罗伯特洛和卡斯特尔韦特罗提出的）——

诸如婚姻、不忠、底层人物以及手帕引发的混乱，这些题材属于喜剧领域，把它们放到一出结尾血腥的戏剧中，是荒唐之举。然而，莎士比亚及其观众并不是没有意识到这些传统理论，他们只不过对戏剧实验持有更加开放的态度。对于岸边区环球剧院里的观众来说，看到剧作家拿着像查普曼的《五朔节》那样的剧本故事大纲，然后把它和完全不同的当代体裁——在这种情况下是家庭悲剧（取材于现实生活中耸人听闻的法庭报告）——结合起来，是一件令人兴奋的事情，会产生令人震惊的异样效果。

《李尔王》（1605—1606）是莎士比亚在一个不同的体裁内部进行喜剧实验的最极端的案例。在这部剧中，我们不仅可以欣赏到傻子的尖刻幽默，打扮成穷汤姆的爱德伽的那些令人费解的蠢话，还有荒唐的场面：瞎眼的葛罗斯特上当受骗，竟然以为自己从多佛尔悬崖峭壁一跃而下却安然无恙。这一幕是在空空如也的平旷舞台上演出的，乔装打扮的爱德伽领着他父亲葛罗斯特，并且一直让对方幻想着他们在爬山，这样一来，领着葛罗斯特去自杀这个场面就充满了喜剧性潜能：

爱德伽：您现在正在一步步上去；瞧这路多么难走。

葛罗斯特：我觉得这地面是很平的。

爱德伽：陡峭得可怕呢；听！那不是海水的声音吗？

葛罗斯特：不，我真的听不见。

爱德伽：嗳呦，那么大概因为您的眼睛痛得厉害，所以别的知觉也连带模糊起来啦。

葛罗斯特：那倒也许是真的。我觉得你的声音也变了样啦，你讲的话不像原来那样粗鲁、那样疯疯癫癫啦。

爱德伽：您错啦；除了我的衣服以外，我什么都没有变样。

葛罗斯特：我觉得你的话像样得多啦。[1]（第四幕，第五场，2—10行）

当这场骗局快要露馅的时候，善于把握喜剧时机的演员能够让爱德伽的回答显得益发荒唐不经。他的老父亲不带感情色彩的答复同样能够让全场绝倒，但正因为这个原因，这几句对话当中不乏感伤的东西。在这样的时刻，

---

1 本书中引用的该剧译文，均来自朱生豪译《李尔王》，《莎士比亚全集》第九卷，人民文学出版社，1978 年，个别地方有所改动。

莎士比亚利用笑声实际上强化了悲伤的感受，正像后来
贝托尔特·布莱希特（Bertolt Brecht）或塞缪尔·贝克特
（Samuel Beckett）的戏剧所做的那样。在苏珊·施耐德的
分析中，葛罗斯特的"坐跌"被她称为"喜剧性的插曲"，"不
仅［为观众］提供了荒唐的场面，也［让观众］对它有所
感受"。总的说来，她认为，《李尔王》"极其大胆地在悲
剧中使用了喜剧的元素"，因为莎士比亚"将喜剧秩序与
喜剧混乱齐头并置，由此而造成错位，他从这种错位中开
发出一种特殊的、令人震惊的悲剧效果"。

非戏剧性的韵文诗同样也把喜剧感与其他情感结合
起来，尤其当它探讨性欲的荒诞之时。《维纳斯与阿都尼》
（1592—1593）就是这样沉溺于标题人物的错配当中的：
一方是身材高大、好色如狂的女神，另一方是身材矮小、
不情愿的少年。维纳斯从一开始就欺负自己的欲望对象，
她把阿都尼从马上拉下来，夹在胳膊底下带走了。这是莎
士比亚呈现的一系列想象中这一对男女可笑形象的第一
幅：后来，维纳斯实际上将阿都尼紧紧地抱在了怀里。她
讲的那些色情味道十足的诱导之语，传统上是男人讲给女
人听的，当这位爱神大肆吹嘘个人魅力之时，这番诱导之

语在这个语境下被扭曲成戏仿：

> "心肝，"她说，"我筑起这一道象牙围篱，
>
> 把你这样在里面团团围定，紧紧圈起，
>
> 那我就是你的苑囿，你就是我的幼麋。
>
> 那里有山有溪，可供你随意食宿游息。
>
> 先到双唇咀嚼吮吸，如果那儿山枯水瘠，
>
> 再往下面游去，那儿有清泉涓涓草萋萋。"[1]（229—
>
> 234 行）

　　这段颠倒说话人角色的花言巧语增生出许多不正经的双关语："围篱"（pale）这个词既可以描述维纳斯象牙般的手指，也表示这些手指绕在少年身上形成的藩篱——在她的幻想中，她的"亲爱的人"（dear）简直成了幼麋（deer）。在此之后，又出现了一拨带有猥亵含义的**双关语**："低谷有绿茵芊绵"，"丘阜圆圆微坟起"，如此等等。甚至当阿都尼死后，女神表示哀悼之际，作者仍在进行这

1　本书中引用的该诗译文，均来自张谷若译《维纳斯与阿都尼》，《莎士比亚全集》第十一卷，人民文学出版社，1978 年。

种喜剧式的语言游戏，从故事本身淡淡的忧郁中引发嘲讽的笑声。同样的游戏性和诙谐以比较温和的方式出现在莎士比亚的《十四行诗》当中（出版于 1609 年），最为明显地体现在反彼特拉克式的抒情诗句"我情妇的眼睛一点不像太阳"[1]（第一百三十首，1 行）。正如他处理悲剧那样，十四行诗中最阴暗的东西也利用酸楚的幽默去制造间离效果，正如第一百三十四和第一百三十五首十四行诗中 will 这个淫秽的双关语的使用。[2] 因此，对于莎士比亚而言，喜剧经常被用于强化悲剧或色情体验——它要比传统的"放松"（light relief）观念复杂得多。

当然，也有"喜剧"向悲剧靠拢的情况：《驯悍记》中的凯瑟琳饱尝羞辱，可如是观之，一如《威尼斯商人》中的夏洛克被摧残。喜剧《无事生非》的情节与悲剧《奥瑟罗》多有相同之处。正如我们所看到的那样，"问题喜剧"《一报还一报》《终成眷属》和《特洛伊罗斯与克瑞西达》充斥了关于人类失意的阴暗思想，到了最后，矛盾的

1　本书中引用的该诗译文，均来自梁宗岱译《十四行诗》，《莎士比亚全集》第十一卷，人民文学出版社，1978 年。

2　will 也有"肉欲"的意思。

解决都带有强烈的妥协性。因此，尽管"喜剧"是一个有用的日常称呼，它最终所遮蔽的东西不少于它所揭示的。

查看对开本的目录就会发现，"喜剧"这个分类是相当粗糙的，凡是以结婚为结尾的都是喜剧，而悲剧（《辛白林》的部分内容例外）均以死亡为结局。《爱的徒劳》诚然"不像旧戏剧那样结尾"，但它的确承诺让几对夫妇等了一年之后走向和解。没有哪一部历史剧或悲剧有这样的结局（虽说《亨利五世》的结局是亨利五世向凯瑟琳求婚，与此接近）。

当涉及情节和内容摘要的时候，对开本的目录才派上了用场。不过，它的"喜剧""历史剧"和"悲剧"分类对文学批评非常有用，只是我们不能一概将它们当作界定戏剧的方式，而应视其为在具体作品**内部**发挥作用的元素。在这个背景下，"喜剧"可能被界定为一套成规、态度、人物类型以及预先存在的情节结构，在某个时刻，它们可能很可笑，也可能不可笑。诸如令人尴尬的身体特征、极端缺乏自我意识或以婚姻为结局，在这个意义上，可能就是喜剧的因素，虽说它们引起了恐惧和悲剧性的痛苦。尽管波洛涅斯为人迂腐，但了解"历史田园悲喜剧"的他似乎理解这一点。具备将这些体裁融为一体的杰出才能的莎士比亚，肯定理解这一点。

晚期喜剧

在《终成眷属》之后，莎士比亚为何不再创作喜剧？对于这个问题，言之成理的回答是："不是这样的，在他完成此剧之后创作的悲剧中，喜剧依然是其中的关键因素。"尽管这个回答依旧在暗示，莎士比亚不再创作**喜剧**这种体裁，但这——很可能——也是一个错误。

正如上文所指出的那样，《冬天的故事》（1609—1610）和《暴风雨》（1611）在对开本的目录页中被列在了喜剧的名下。虽说批评家对那种分类有所怀疑，但我们有充分的理由去接受它。这两部剧不仅以和解和即将到来的结婚为结局，其中还包含大量的小丑戏。《冬天的故事》中有骗子奥托吕科斯，《暴风雨》中有弄臣特林鸠罗，两人都是特征鲜明的喜剧人物，几乎可以肯定，这两个角色都是由喜剧演员罗伯特·阿明扮演的。他们和醉醺醺的管家、"怪物"凯列班，以及各种乡村丑角一起，为观众提供了大量嘻哈喧闹的笑料。虽说《泰尔亲王佩里克利斯》

（1607）充斥了"令人痛苦的历险"，但剧中的确有一群好开玩笑的渔民，包含大量的音乐和舞蹈成分，结尾是幸福的婚姻。

这样一来，莎士比亚在《终成眷属》之后创作的许多剧作也可算作"喜剧"。另外，如果我们把目光放远一点，除了《暴风雨》之外，《卡登尼欧》（1613）和《两贵亲》（1613—1614）也属于喜剧框架之内。这五部作品也可被称为"传奇剧"，但是，传奇剧（就像田园诗或抒情诗一样）是莎士比亚在全部创作生涯当中始终使用的一种模式，严格来讲，它不是一种自身独立存在的戏剧体裁。如果我们不把传奇剧当作一种独立的戏剧类别，我们就有可能认识到，莎士比亚的"晚期喜剧"是他对那些以大团圆为结局的戏剧情节进行长期的复杂探索的结果，这个探索过程至少涵盖了十七部戏剧，跨越了将近二十五年。

应该承认的是，《泰尔亲王佩里克利斯》《卡登尼欧》和《两贵亲》不全出自莎士比亚一人之手。第一部，也就是《泰尔亲王佩里克利斯》——至少演出后出版的印刷本，其相当一部分来自一位名字叫做乔治·威尔金斯（George Wilkins）的令人讨厌的人物。威尔金斯很可能搞到了莎士比亚亲自撰写的这部剧的部分稿本，再加以扩充（写了第一幕和第二幕的大部分内容），然后出了盗版；还有一种可能，那就是两人积极合作，创作了此剧。可以肯定的是，我们今天看到的《泰尔亲王佩里克利斯》，是一个不可靠的本子：编者需要大量改动，才能让四开本讲得通。《两贵亲》是一个出色的本子，它在扉页中就明确交代此剧是合著：莎士比亚在创作生涯即将结束之际与约翰·弗莱彻合写了这本戏。《卡登尼欧》是一个绝对不可靠的本子，非常有可能的是，在 1728 年的印刷本里，没有一个字是莎士比亚写的。不过，《卡登尼欧》这部剧还是有的，几乎可以肯定，它出自莎士比亚与弗莱彻之手，这个故事取材于塞万提斯（Cervantes）的《堂吉诃德》，我们可以据此合理地推断它的情节。

《泰尔亲王佩里克利斯》《卡登尼欧》和《两贵亲》均以婚姻为结局，至少有一场婚姻。在 18 世纪印刷出版的那个版本中，《卡登尼欧》被命名为《错上加错：苦恼的恋人们》，其结尾如下所示：

公爵：你们几对的婚礼令我欣喜，

> 读了你们故事的伤心恋人们自会祝福：
>
> 愿天下有情人历经波折后终成眷属。（第五幕，第
>
> 二场，280—282 行）

作为结尾，它与《冬天的故事》有许多相同之处，与《泰尔亲王佩里克利斯》也颇有相同之处。事实上，与这部剧一道，如果不考虑伊诺贞和波塞摩斯这对新婚夫妇在戏剧一开始就已经结婚，我们也有理由说《辛白林》也是喜剧。

所以说，如果我们将这五部，甚至六部晚期戏剧当作喜剧，那么，这对于理解莎士比亚在创作晚期扩大这种体裁的范围有何启示呢？首先，他扩大了喜剧的地理和时间范围，使这种传统上情节紧凑的艺术形式跨越了民族，甚至跨越了大洲，把主人公的故事从年轻讲到年老。在《泰尔亲王佩里克利斯》和《冬天的故事》这两部剧中，人物的身世从出生讲到结婚，从一个国家讲到另一个国家，从剧的开始讲到剧终。

除了像这样扩大和拉长之外，莎士比亚（在晚期喜剧中）还让情节变得更加令人感到吃惊，他经常向观众隐瞒

关键的事实。例如，在《冬天的故事》的结尾，观众与里昂提斯一样，不知道王后赫米温妮居然还活在世上，并且与宝丽娜夫人隐姓埋名生活了十六年。除了制造这种惊奇效果之外，还强化了风险因素，有的时候，甚至出现了死亡，例如里昂提斯之子迈密勒斯和宝丽娜夫人的丈夫安提哥纳斯之死（后者"被熊追逐"退场是很有名的桥段）。不过，所有这些发展依旧符合基本的喜剧框架。甚至莎士比亚的最后一部作品《两贵亲》依然与他的首部作品《维洛那二绅士》有大量的相同之处，二者的名字遥相呼应，由此可知。这两部剧都建立在主要喜剧成分的基础上（两位好友争风吃醋成为死敌这个主题）；这两出戏既可被称为喜剧，也可被称为传奇剧。

情敌恶斗的情节只是莎翁在晚期剧作中广泛使用原型式喜剧结构的一个例子。例如，从古希腊新喜剧出现以来，老一辈与青年一辈的和解就是喜剧题材的标准特色。完成这个和解的传统做法是，"从中作梗"的父辈人物承认自己失败了：他的儿女不顾老人的遗憾与意中人成婚。从《驯悍记》中的巴普提斯塔到《仲夏夜之梦》中的伊吉斯，都属于这种莎士比亚式的典型例证。在晚期戏剧中，莎士

比亚利用这种人所共知的喜剧模式玩弄游戏。例如，他在
《暴风雨》中特地让普洛斯彼罗扮演从中作梗的严厉的父
亲。他告诉米兰达，她的意中人、那不勒斯王子腓迪南配
不上她，他还对那位追求他女儿的年轻人大为光火，就像
意大利喜剧情节中的守财奴那样狂暴：

> **普洛斯彼罗**：我要锁上你的脖子和双脚；
>
> 给你喝海水；你的食物是
>
> 淡水河蚌、枯干的根茎，还有
>
> 橡实的壳。跟过来。（第一幕，第二场，464—467 行）

《暴风雨》中的反转在于，这位老人实际上暗中成
全了女儿的婚事，他通过设计障碍吊起年轻恋人的胃口。
"免得奖品赢得轻易 / 变得没价值。"（第一幕，第二场，
153—154 行）普洛斯彼罗像古典主义理论家那样精心设
计他们的结合，安排老对手走向和解，还挫败了一次小丑
式的反叛行动，这一切正如上文已经指出的那样，发生于
"从现在到六点"（第一幕，第二场，241 行）。

《暴风雨》中充斥了零零碎碎的喜剧手法，只不过它

们都是按照新的模式重新安排的，莎士比亚在这一时期创作的戏剧大都如此。《冬天的故事》操弄旧有的代际冲突：在这部剧的高潮阶段，占据舞台中心的是一对老夫妻而非新夫妇，年轻的弗罗利泽和潘狄塔（已婚）只是默然旁观。这部剧以同样的方式重演并且改造了在《皆大欢喜》中出现的遁入森林这一幕，之所以这么说，那是因为，在这部剧作中，奥托吕科斯（由扮演试金石的那位演员阿明扮演的宫廷弄臣）被乡下的小丑给击败了，原来后者与公爵的关系更为亲近。与此同时，《两贵亲》也启用了《仲夏夜之梦》中的雅典森林场景，统治这里的依旧是忒修斯和希波吕忒（他们在《两贵亲》的第一幕就已经结婚了）。正如《仲夏夜之梦》中出现的情况一样，《两贵亲》中的众多人物追求的是同一个恋爱对象，不仅两位亲戚这样干（帕拉蒙和阿赛特爱上了爱米丽娅），监狱看守的女儿爱上了帕拉蒙，还有一位无名的追求者，他对看守的女儿产生了单相思。这部剧甚至还出现了类似彼得·昆斯和粗鲁的工匠这样的人物，在这部剧中，一位乡村教师和乡村乐队在树林中排练，以便为公爵的新婚演出。诸如此类的联系表明，他的晚期戏剧与早期喜剧之间存在着延续性，这就使它们加入了莎士比亚全部作品的内部对话；所有这些作品都是他长达二十五年的戏剧试验的产物。

1623 年，莎士比亚剧团在世的演员们出版了对开本。如果他们能够拿到《泰尔亲王佩里克利斯》《卡登尼欧》和《两贵亲》的出色脚本的话，他们肯定会将这几部剧列在喜剧的名下，这样一来，喜剧就会占据该书全部目录的一半篇幅。如此说来，从一开始就能看出来，喜剧创作不仅贯穿着莎士比亚创作生涯的始终，还一直在他的艺术中占据主导地位。如果他不是在五十二岁溘然长逝，而是能活得更长一些，谁又知道他会继续作出什么样的喜剧创新？如果我们能够看到这些晚期喜剧的更好的脚本，我们会更加清楚地看到这一点，但《冬天的故事》和《暴风雨》尚可的脚本已经证明，莎士比亚对喜剧的兴趣益发浓厚、广泛，他利用戏剧揭秘与真正的威胁感相结合的浸入式音乐体验，将欢笑与神秘感融为一体。继世纪之交创作的所谓"问题喜剧"以及此前的"节庆喜剧"之后，这些晚期戏剧可被视为一系列长期实验当中的最后一次，这些实验决定了如何处理以结婚为结尾的情节。

比起同时代人，莎士比亚的出类拔萃之处在于，他在近代戏剧的三个基本体裁创作中均取得了独特的成功，这三个基本体裁是：喜剧、历史剧和悲剧。但至少就数量而论，他最青睐哪一个剧种，是毫无疑问的。莎士比亚首先是喜剧诗人。在其他剧种中，他也以植入喜剧材料而著称，从《哈姆莱特》中的掘墓人到《安东尼与克莉奥佩特拉》中的小丑，从《亨利四世》中的福斯塔夫到《李尔王》中的傻子。这种自然而然地惹人发笑的行为，让约翰逊博士得出结论说，"他的悲剧似乎是技巧，他的喜剧似乎是本能"，"在他的喜剧场景中，他似乎可以毫不费力气地带来劳心费力也无法改变的东西"。约翰逊的话证实了莎士比亚的成就：他的喜剧给人带来的快乐，有一部分是作者轻松自如带来的，而非刻意营造的结果，这是其他戏剧家所无法比的。然而，如果认为这种貌似毫不费力的效果真的是作者不费吹灰之力获得的，那可是大错特错了；尽管我们没有证据说明剧作家在创作时的感受，但是，毫无疑问，他在喜剧创作过程中注入了大量的思想精力。

莎士比亚的喜剧是一个不断创新的过程。他最初写带有鲜明的古典式情节特征的《驯悍记》（1590—1591）和《错误的喜剧》，到后来创作抒情和思想色彩浓厚的作品，例如《爱的徒劳》和《仲夏夜之梦》。几年之后，在描写了《威尼斯商人》（1596—1597）和《温莎的风流娘儿们》中尔虞我诈的商业世界之后，他又描写欢乐的世外桃源，例如《皆大欢喜》中的森林，以及《第十二夜》中的诗一般的伊利里亚。接下来，在问题剧《一报还一报》或《终成眷属》中呈现腐败、幽闭恐怖的宫廷生活之后，他又创作了具有无比虚幻色彩的《冬天的故事》、《暴风雨》以及最后的合作剧。甚至从这段简短的概述中即可看出，莎士比亚对喜剧的思考从未停止：他不断地把自己力所能及的事情向前推进，从不满足于重复自己做过的事情。在他看来，喜剧不是一个稳定不变的东西。喜剧可以写惩罚，也可以写宽恕，可以写伤心之事，也可以写节庆之乐，可以线索紧密，也可以结构松散，几乎没有故事线索可言。然而，虽说如此，在这些形色各异的喜剧当中，还是贯穿着一种家族相似性，一种模糊难辨的"莎士比亚式的"延续性，这是本书试图捕捉的东西。在这些戏剧中，有着属性相同的空间、诙谐、爱情、时间和人物，它们贯穿着莎士比亚喜剧创作的始终，从1590年左右起笔到1614年封笔。

百科通识文库书目

历史系列：

艺术文化系列：

自然科学与心理学系列：

破解意识之谜	认识宇宙学
密码术的奥秘	达尔文与进化论
恐龙探秘	梦的新解
情感密码	弗洛伊德与精神分析
全球灾变与世界末日	时间简史
简析荣格	浅论精神病学
人类进化简史	走出黑暗——人类史前史探秘

政治、哲学与宗教系列：

动物权利	《圣经》纵览
释迦牟尼：从王子到佛陀	解读欧陆哲学
死海古卷概说	欧盟概览
存在主义简论	女权主义简史
《旧约》入门	《新约》入门
解读柏拉图	解读后现代主义
读懂莎士比亚	解读苏格拉底
世界贸易组织概览	